Zhongguo Wenhua
Zhishi Duben

中国文化知识读本

主编 金开诚

编著 孔祥伟

章回小说与古典四大名著

吉林出版集团有限责任公司

吉林文史出版社

图书在版编目（CIP）数据

章回小说与古典四大名著 ／ 孔祥伟编著. —— 长春
:吉林出版集团有限责任公司 ：吉林文史出版社，2009.12（2023.4重印）
（中国文化知识读本）
ISBN 978-7-5463-1589-8

Ⅰ. ①章… Ⅱ. ①孔… Ⅲ. ①章回小说-文学欣赏-
中国-明清时代 Ⅳ. ①I207.41

中国版本图书馆CIP数据核字(2009)第237168号

章回小说与古典四大名著

ZHANGHUI XIAOSHUO YU GUDIAN SI DA MINGZHU

主编／金开诚　编著／孔祥伟

项目负责／崔博华　责任编辑／曹　恒　于　涉

责任校对／王文亮　装帧设计／曹　恒

出版发行／吉林出版集团有限责任公司　吉林文史出版社

地址／长春市福祉大路5788号　邮编／130000

印刷／天津市天玺印务有限公司

版次／2009年12月第1版　印次／2023年4月第6次印刷

开本／660mm×915mm　1/16

印张／8　字数／30千

书号／ISBN 978-7-5463-1589-8

定价／34.80元

编委会

前　言

　　文化是一种社会现象，是人类物质文明和精神文明有机融合的产物；同时又是一种历史现象，是社会的历史沉积。当今世界，随着经济全球化进程的加快，人们也越来越重视本民族的文化。我们只有加强对本民族文化的继承和创新，才能更好地弘扬民族精神，增强民族凝聚力。历史经验告诉我们，任何一个民族要想屹立于世界民族之林，必须具有自尊、自信、自强的民族意识。文化是维系一个民族生存和发展的强大动力。一个民族的存在依赖文化，文化的解体就是一个民族的消亡。

　　随着我国综合国力的日益强大，广大民众对重塑民族自尊心和自豪感的愿望日益迫切。作为民族大家庭中的一员，将源远流长、博大精深的中国文化继承并传播给广大群众，特别是青年一代，是我们出版人义不容辞的责任。

　　本套丛书是由吉林文史出版社和吉林出版集团有限责任公司组织国内知名专家学者编写的一套旨在传播中华五千年优秀传统文化，提高全民文化修养的大型知识读本。该书在深入挖掘和整理中华优秀传统文化成果的同时，结合社会发展，注入了时代精神。书中优美生动的文字、简明通俗的语言、图文并茂的形式，把中国文化中的物态文化、制度文化、行为文化、精神文化等知识要点全面展示给读者。点点滴滴的文化知识仿佛颗颗繁星，组成了灿烂辉煌的中国文化的天穹。

　　希望本书能为弘扬中华五千年优秀传统文化、增强各民族团结、构建社会主义和谐社会尽一份绵薄之力，也坚信我们的中华民族一定能够早日实现伟大复兴！

目录

一、中国古代长篇小说的民族形式——章回小说

章回小说是我国古代长篇小说的主要形式，来源于宋元时代"说话"中的讲史。宋元时期，在商品经济发展和市民阶层扩大的基础上，适应于市民群众的文化娱乐要求，各种民间技艺蓬勃发展起来，其中"说话"是最受欢迎的一种。据史籍记载，南宋时的"说话"分为四个门类，关于四家的名目，各家的记载不完全一样，今天的学者也有不同的认识。按鲁迅先生在《中国小说史略》中的说法，四家是指：小说，又名银字儿，有说有唱，演唱时用银字笙伴奏，专门说唱短篇故事，内容一般是现实生活的反映，一

中国四大名著丛书

次或两次就可以讲完；说经，由唐代的俗讲演变而来，主要讲宗教故事；讲史，只说不唱，专讲长篇历史故事；合生，是一种比较特殊的形式，可能是两人演出，一人指物为题，另一人以题成咏，有时还伴以歌舞。讲史演说历史故事，一次不能说完，要连续讲说多次，每说一次就是一回。说书人为了吸引听众下次再来听讲，就有意在每一次结束时留下悬念，或在紧张之处戛然而止，让听众很想知道后面情节的发展，这就是后来的章回小说在每一回的末尾，总有"欲知后事如何，且听下回分解"的来历。

《中国小说史略》阐释了"四家"

（一）什么是章回小说

章回小说是分章回叙事的白话小说，分回标目、段落整齐、首尾完整是它的主要特点。宋元时期的长篇讲史话本已经具备了章回小说的基本雏形。长篇讲史话本由于篇幅较大，为了讲述方便，而实行分卷分目，每节标明题目、顺序，这是小说最早的分回形式。经过长期的演变和发展，到了明朝末期，章回小说的体例正式形成。在这个时期创作的小说中，采用工整的偶

句（也有用单句的）作回目，概括这一章回的基本内容。到了明清至近代，中国的中长篇小说普遍采用章回体作为其创作的主要形式。现当代的一些通俗小说也仍在沿用此种体例。

（二）章回小说的基本特征

章回小说普遍采用回目的体式，而回目最初是话本艺人向听众概括当日所讲故事的主要内容。章回小说以第三人称叙述故事，且故事完整、连贯，多线单线进行表述，不使用用倒叙的手法。通常为散韵结合的方式，以散为主、以韵为修饰，如在章回的开篇与结尾往往会有诗作，这便是韵文。其通常以插科打诨的小故事作为"楔子"（即"入话"），这种结构形式，成为后来白话短篇小说的普遍形式。成熟的章回小说也往往保留早期的讲史话本的风格，多用"且说""话说"等形式，在章回的末尾也以"且听下回分解"作结。

（三）章回小说的起源与发展

章回小说是在宋元讲史话本（话本是一种口头文学艺术。"话"就是故事，"说话"就是讲故事，话本就是在说话艺人讲说的基础上，记录和整理出来的故事文本）的基础

吴王铸剑

上发展起来的。宋元"讲史"开始是以口头讲述为主，分节讲述，连续讲若干次，每节用题目的形式向听众揭示主要内容，这就是章回小说分章叙事、标明回目的形式起源，对章回小说形式的产生都有直接影响。

宋元说话人演说的长篇故事，并非一天一场就能了结，每场讲演一个章节，为了吸引观众，每当讲到紧要关头，就宣称"欲知后事如何，且听下回分解"。下回，也就是下一次。因为每场讲演的时间大致相同，所以每回故事的长短也大致相等。所以，宋元时期的说话人所依据的讲唱的底本，也就是长篇话本，已经具有章回小说的某些特征。

孙权种瓜

避暑读书

长篇讲史话本由于故事内容较复杂，篇幅较长，为了讲述的便利，就有了分卷分目的必要。

到了元末明初，相继出现了一批文人作家根据话本加工和再创作的长篇小说，例如《三国志通俗演义》《水浒传》《残唐五代史演义》等讲史小说，此时章回小说初具规模。在内容上虽然仍以讲史为主，但七分实事，三分虚构，作家加强了对人物和情节的艺术创造；形式上，这些小说分卷分节，每节都有单句标题。这时小说的回目虽没有正式创

造船远航

立，但章回小说的体制已大致形成。

至明嘉靖、万历年间，章回小说更加成熟。内容上，开始表现广泛的社会生活内容，如《金瓶梅》等，故事情节更加复杂，描写上更细腻，人物形象更加丰满；形式上，不是分卷分节，而是明确地分成多少回，回目也由单句发展成双句，通常一般每回开头有"话说"，结尾有"且听下回分解"等固定的形式。清代以后，章回小说在体例上进一步完善，章回小说的回目采用工整的对偶句，逐渐成为固定的形式。如《红楼梦》最终确立了八言回目的完整体例，回目也更讲究对仗和创意。

（四）章回小说的代表作品

章回小说的代表作品有宋元时期粗具雏形的《金相平话五种》《五代史平话》《宣和遗事》等。再到元末明初的基本具备章回小说基本特征的《三国志通俗演义》《水浒传》《西游记》《金瓶梅》等。最后到体

筑城建宫

孙刘比剑

制完备的清代的《红楼梦》等，可以说章回小说经历了一个比较长的历史时期，同时也让我们看到了章回小说在中华民族悠久的文学文化历史中所占的位置有多高，它的底蕴有多厚重。在现代人的评价标准中，被誉为古典四大名著的小说都是其中的重要一员。

二、波澜壮阔、气势恢弘的历史画卷——《三国演义》

陈寿《三国志》

"演义"意思就是根据史实，敷演大义，在叙事中加进作者的政治和道德评价。清朝刘廷玑说："演义者，本有其事，而添设敷演，非无中生有者比也。""演义"一词很好地概括了历史演义小说的特点，既有史实的依据，又进行了艺术的创造和加工，既有历史上实际发生的事，又有艺术的想象和虚构。《三国演义》就是以三国时期的历史为内容的一部长篇历史小说。

（一）《三国演义》的成书与作者

从晋代起三国的人物和故事便在史学家和文学家的笔下得到再现，在民间众口流传。

西晋初年陈寿写了《三国志》，南朝人裴松之又为陈寿的《三国志》作注，补充了许多陈寿在《三国志》中没有收录的有关三国时期人物的故事和逸闻。例如在《蜀书·先主传》中，裴松之就引用了《九州春秋》中所记载的关于刘备的一段故事，说刘备在荆州依附刘表，一次到厕所里去，发现自己髀里生肉，慨然流涕，刘表问他为何流涕，刘备回答说："吾常身不离鞍，髀肉皆消。今不复骑，髀里肉生。日月若驰，老将至矣，而功业不建，是以悲耳。"又引《世语》中的记载说，刘表曾经宴请刘备，其手下将领蔡瑁等人想趁机杀刘备，被刘备发现，刘备假装到厕所去，偷偷逃了出来。他骑的马叫"的卢"马，因走得急，落在檀溪水中出不来，刘备急了，忙说："的卢，今日厄矣！可努力！"的卢马于是一跃三丈，跃过檀溪，使刘备得救。这类故事，后来被罗贯中写进了《三国志通俗演义》中。南朝时期的文人刘义庆在《世说新语》中，也曾收集记载了不少有关三国的人物和故事。如在《文学》篇中记录了曹植受曹丕逼迫写七步诗的故事，在《捷悟》篇中记载了曹操与杨修比思维敏捷而输给杨

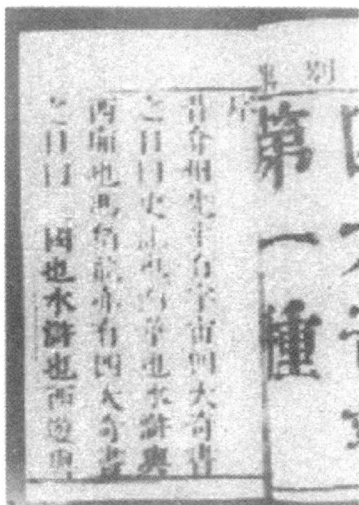

陈寿《三国志》

修的故事，在《假谲》篇中写了曹操使奸计骗人，说自己临危心动，故意杀近侍小人的故事等。这些说明在晋代和南北朝时期，三国故事已经为人们所津津乐道。这些记载都为文学艺术的创作提供了丰富的素材。

隋唐时期，三国故事在社会上进一步流传开来。据《大业拾遗记》记载，隋炀帝在水上看杂戏，就有曹操谯水击蛟、刘备檀溪越马的故事。唐代的很多诗人也通过诗歌吟诵三国的人物和故事，最著名的如大诗人杜甫的《蜀相》诗赞美诸葛亮："三顾频烦天下计，两朝开济老臣心。出师未捷身先死，长使英雄泪满襟。"杜牧咏史诗如："折戟沉沙铁未销，自将磨洗认前朝。东风不与周郎便，铜雀春深锁二乔。"写的是周瑜和赤壁之战，发出怀古之思与历史之感。晚唐大诗人李商隐在《娇儿诗》中写道："或谑张飞胡，或笑邓艾吃。"说明在当时民间已经在演述三国故事，三国人物已达到妇孺皆知的地步，只是因为缺乏文献记载，我们今天已经无从知道当时演说三国故事的具体情况。

到了宋代，随着市井间"说话"艺术的盛行，三国故事流传更广，甚至出现了专说"三分"的著名艺人霍四究。宋人张耒在《明

武侯祠一景

道杂志》中记载说："京师有富家子，少孤专财……而此子甚好看弄影戏，每弄至斩关羽，辄为泣下，嘱弄者且缓之。"从这段记载可以知道，宋代的影戏已演出三国故事，而且还相当感人。据苏轼的《东坡志林》中记载："涂巷中小儿薄劣，其家所厌苦，辄与钱，令聚坐听说古话。至说三国事，闻刘玄德败，颦蹙有出涕者；闻曹操败，即喜唱快。"这说的是街坊上的小孩子特别顽皮，家长对他们颇为厌烦，就给他们钱，让他们去听说话人讲古代故事。每当说话人讲三国故事时，讲到刘备失败，这些孩子就愁眉苦脸，有的甚至流出眼泪。当讲到曹操失败时，

三国园一景

孩子们就高兴地拍手叫喊，非常痛快。这说明当时说话人讲述三国故事不仅生动，而且其中拥护刘备、反对曹操的情感倾向也已经很明显。

到了金元时代，三国故事被大量搬上舞台，故事流传的形式主要是三国戏和《三国志平话》。据钟嗣成的《录鬼簿》与贾仲名的《录鬼簿续篇》记载，仅元代有关三国的剧目就多达四十余种。例如元代大戏剧家关汉卿就写有《关大王单刀赴会》与《关张双赴西蜀梦》两本杂剧。值得注意的是，这些剧不但有鲜明的拥刘反曹的倾向，而且确立了蜀汉人物的中心地位。

武侯祠牌匾

桃园结义石刻碑

　　在元代至治年间，新安虞氏刊刻了《全相平话五种》，其中有一种为《全相三国志平话》，这部平话很可能就是当时说书人讲说三国故事所留下来的底本。它基本奠定了《三国演义》的故事框架。《平话》共有三卷，每卷又分为上下两栏，上栏是图像，下栏为正文，图文相配。第一卷从黄巾起

孔明苑

义到董卓被杀；第二卷是汉献帝拜刘皇叔到赤壁之战；第三卷是刘孙争荆州到三国归晋。从它的内容看，三国的人物和故事已初具规模，主要人物的性格也基本定型，尤其是张飞的形象刻画得最为生动，占的篇幅也较多，具有草莽英雄的气息。另外，诸葛亮的形象也比较突出。只是书中多附会民间传说，如司马邈断狱的故事，带有明显的因果报应色彩，文字描写也较为粗糙浅陋，显然没有经过文人的润色和加工。从晋代到元代，三国的故事在民间的流传越来越广泛，情节越来越丰富，人物的性格也越来越明显。到了元代后期，成书的条件已经成熟，只等待着一个伟大的作家去发现它、完成它。

罗贯中以其独特的眼光，发现了蕴藏在三国故事中的历史文化内涵和审美价值，并以其卓越的才华，以流传在社会上的三国故事和戏曲平话为基础，博采正史《三国志》《三国志注》和《资治通鉴》，再加上个人生活经验和艺术才能，删去了《全相三国志平话》中荒诞离奇的传说，增加了许多史实，扩充了篇幅，将八万字的评话写成了七十五万字的长篇小说，并创造了中国古代长篇小说唯一的艺术形式。

武侯祠桃园景色

　　遗憾的是，在中国古代，人们视诗文为文学创作的正统，小说则被视为末技小道，受到轻视。小说家的社会地位也很低，他们的生平创作很少有人关注，正史中没有他们的位置，就是野史对他们的记载也是零篇断章，少得可怜。所以，每当人们要去研究古代小说家的生平与创作情况时，面对零星的材料，常会发出感叹。罗贯中的情况也不例外，有关他的生平材料现存很少，只是在明初贾仲名的《录鬼簿续篇》中有简单而较为可靠的记载。

　　除了《三国志通俗演义》之外，罗贯中

还写了杂剧《宋太祖龙虎风云会》，歌颂了宋代开国皇帝赵匡胤的业绩；写了《隋唐志传》，歌颂了隋末唐初开基创业的帝王英雄；他还写了《残唐五代史演义》《三遂平妖传》等小说。

《三国志通俗演义》全书分为二十四卷，每卷十则，共二百四十则，每则用一句七言单句为题。这部书版本很多，现存的最早刊本是明嘉靖本，全书二十四卷，二百四十则，题为"晋平阳侯陈寿史传，后学罗本贯中编次"。它集中了宋元讲史话本和戏曲中的精彩部分，将元代的《全相三国志平话》全部加以改写（删去了荒诞的故事，增加了

桃园中的张飞像

史实，扩充了篇幅），成为一部长篇巨著。此后，新刊本大量出现，但它们都只是在清嘉靖本的基础上，作了一些增删、整理的工作，没有大的改变。到了清初，毛纶、毛宗岗父子对罗贯中的《三国志通俗演义》进行了改评，将原书的二百四十回改为一百二十回，回目也改为七言对句。另外，他们还对正文中的文字进行了某些改动，写有评语。书约成于清康熙初年，比清嘉靖本更加紧凑完整。现在人民文学出版社的版本即根据这个本子重印，删去了评点，这就是我们通常所说的《三国演义》。

出师表楹联

（二）"七实三虚"的历史重塑

《三国演义》从东汉灵帝中平元年（公元 184 年）黄巾起义写起，到西晋武帝太康元年（公元 280 年）全国统一为止，前后共 97 年。它描述了三国时期纷繁的事件和众多的人物，广泛地反映了当时的社会生活。它通过对三国之间军事、政治、外交事件的描述，形象生动地反映了当时各种斗争的经验和智慧。它揭露了当时社会矛盾重重、动乱不安的局面。这些内容帮助我们认识了当时社会的黑暗和封建统

刘备之孙刘谌像

治阶级的反动本性。小说在一定程度上反映了动乱年代里人民群众的苦难生活与盼望和平统一的愿望，也描述了封建军阀屠杀人民，劫掠百姓，以致田园荒芜，生产凋敝，白骨如山，饿殍遍野的历史事实。作者对坚持分裂割据的军阀进行了鞭挞和嘲讽；对于曹操，虽不赞成由他来统一天下，但在写他同北方军阀进行斗争时，却如实地描述了他的雄才大略；作者本来寄希望于蜀汉，把刘备、孔明作为仁君贤相的典型来塑造，希望他们君臣际会，可以做出一番功业，统一中国，使百姓安居乐业。这种反对分裂、主张统一的思想，反映了广大人民的愿望，符合历史发展的趋势，具有进步意义。同时，作品"尊刘贬曹"的思想倾向也十分鲜明。尊曹或尊刘，是历史学家长期的争论，这不过是封建正统观念在不同历史条件下的不同表现。《三国演义》"尊刘贬曹"的倾向，既继承了晚唐以来三国故事至《平话》一贯"尊刘"的文学传统，又继承了东晋和南宋"尊刘"的史学传统，表现了为东晋、南宋偏安的汉族王朝争正统，反对入侵的外族统治的思想倾向，反映了元明之际汉族人民的民族意识。此外，《三国演义》还大力宣扬了刘、

关、张的"义气"。所谓义气，内容十分复杂，
既渗透了封建统治阶级的道德观念，也包含了
当时人民的道德理想。有的在当时具有积极意
义和鼓舞人民的力量，如人民用义气互相团
结，互相救援。但是由于义气不是从阶级观点
出发，而往往是从个人恩怨出发的，所以常常
被封建统治阶级所利用。

　　《三国演义》虽以历史为题材，但它毕竟
不是史书，而是文学作品。因为它经过了艺术
加工，有不少虚构。按照传统的文学理论，前
者称为历史的真实，或称为"实"，后者称为
艺术的真实，或称为"虚"。一部成功的历史
小说应该达到历史真实和艺术真实两个方面，

武侯祠亭廊

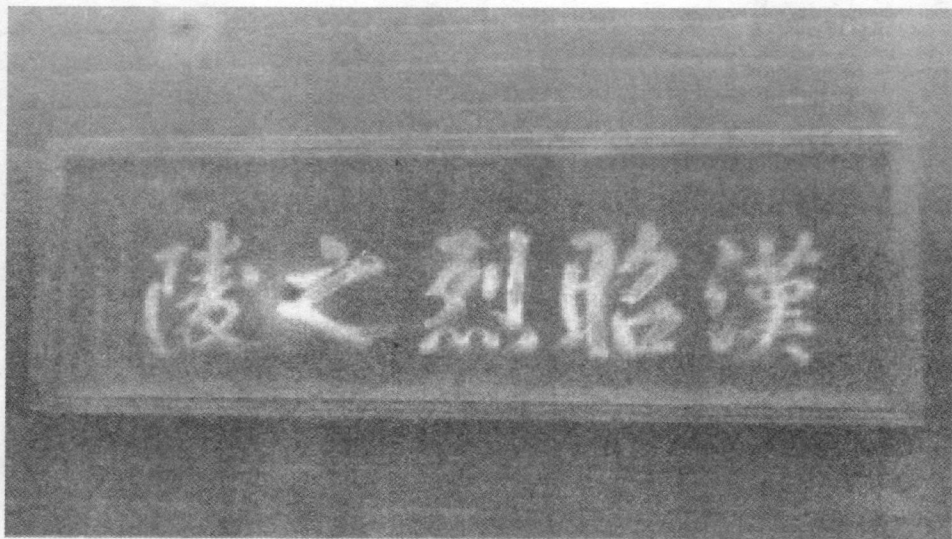
汉昭烈之陵

亦即"实"和"虚"的有机统一。《三国志通俗演义》之所以取得了那么高的成就，关键在于罗贯中能够恰当地处理好"实"与"虚"的关系。

至于《三国演义》的创作中有几分实，几分虚，是实多虚少，还是虚多实少，历来的论说者有不同的看法。明代文学家谢肇淛就认为它太实，实多虚少；清代史学家章学诚则说它是七分历史三分虚构，即"七实三虚"，批评它不合历史，这种说法得到了普遍的认可。

作为历史小说，《三国演义》是符合历史小说的要求的。其中有许多创作都是由陈寿的《三国志》而来。这就使这部小说基本上展示了一百多年三国时期的真实历史风貌，描绘出历史的发展轨迹，揭示了历史的发展规律，也合理地解释了历史现象，塑造了一大批历史人物，还原了历史，表达了民众的朴素愿望，正因为如此，它一直成为下层民众了解三国历史的好教材。

作品深刻地揭示了统治阶级残忍和奢侈、功利和虚伪的本质。这是历代统治者的共同特征，是贬曹倾向形成的主要原因。

曹操像

作品中董卓和曹操以残忍奢侈著称。董卓说："吾为天下计，岂为小民哉。"他杀百姓以充战功；杀洛阳富豪数千人以占有其财富；他建郿坞别墅，役民二十五万，其规模有如长安城，囤积粮食可用二十余年，选民间少女八百余人充实其中，金玉、彩帛、珍珠不计其数。曹操的人生格言是"宁教我负天下人，休教天下人负我"。他疑杀吕伯奢一家就充分说明了这个人物的残忍。他的父亲死于徐州，他便要杀徐州人以报父仇。曹操修建铜雀台费时三年，耗费巨资，为的是以娱晚年。与此相补充的是大开杀戒的战争，到处充满了血腥和恐怖，到处是千里无人烟，出门见白骨。老百姓流离失所，饿殍遍地。

统治阶级廉耻的缺失和道德的沦丧，

政治上的功利性和道德上的虚伪性，在作品中也表现得淋漓尽致。在一个社会动乱、权力欲膨胀的时代，传统的道德观、价值观完全失去了约束力，对功利的追逐取代了一切。《三国演义》中，上层社会的统治者早已丢弃了温文尔雅的外衣，暴露出赤裸裸的狰狞面目。在他们之间，崇高、友谊、善良、真诚等传统道德都出现了危机。取而代之的是尔虞我诈、勾心斗角、你死我活。君臣父子、夫妻兄弟、朋友关系等一切，都被残酷的政治斗争和利益争夺所取代。甚至连神圣的爱情和婚姻，也成了斗争的卑贱奴婢和手段，一切美的东西，都在面对蜕变。王允献貂蝉，就是用貂蝉的婀娜多姿和甜言蜜语离间对手吕布和董卓，进而除掉董卓，达到清除奸臣的政治目的；袁术同意儿子娶董卓的女儿，是为了借吕布之手杀刘备，以消除自己的威胁；曹操嫁女儿给献帝，是为了进一步控制皇帝，达到"挟天子以令诸侯"的目的；刘备东吴招亲，也是孙权为了控制刘备，索回荆州。

面对这样的残酷现实，作者也用自己的独特方式歌颂了理想的政治和健全的人格。反映出当时的社会心理和人民的愿望，尊刘

勉县武侯墓庙会

贬曹倾向十分明显。在作品中，这一点主要体现在蜀刘政权上。作者把一切美好的、理想的东西都集中到刘备集团上，三国之争中曹操得天时、孙权得地利，刘备得人和。

在《三国演义》中所有人物形象的塑造都是遵循着"人格上重忠义，才能上尚智勇"的原则进行的。

（三）叙事与写人的完美结合

此外，在具体的故事叙述和人物描写中，罗贯中在没有违背历史精神的原则下，对三国时期的历史和人物进行了特殊的艺术再现，进行了合理的改造和虚构。全书所写人物共有四百多人，成功的有十几人，其中性格最鲜明、

武侯祠一景

特征最突出的是"三绝"。

1."奸绝"曹操

曹操是书中刻画得最成功的人物，具有深广的内涵和鲜明的特征。是一个在价值和道德判断上被彻底否定的人物，也是美学评判上不朽的典型，被称为古今第一奸雄。

他是一个典型的阴谋家和野心家，身上集中了人类社会的一切丑恶和罪孽。年轻时许邵为其看相，预言说他是"治世之能臣，乱世之奸雄"。曹操听了之后，激动不已，每天盼望动乱的到来。最能体现其残暴本性的是大量杀人。他中风诬叔，初尝奸诈的甜头，获得了自由空间。他的杀人方式繁多，富有创意。例如，他借谋反杀人；除掉政治对手，扫清夺权障碍，展示出无中生有、造谣的力量。仅一次就杀掉了伏皇后、董贵妃、马腾、伏完、吉平等七十余个强劲对手和七百余个无辜者，连怀孕五个月的妇女也不放过。他疑而杀人，例如华佗、吕伯奢一家、蔡瑁、张允水军都督。他借刀杀人，例如杀祢衡就是为了泄私愤。他梦中杀人，例如杀侍从是为了保护他自己。他酒后杀人，例如他杀刘馥就是为了警告别人。他因忌而杀人，其中最典型的例子就是杨修。

三国城

　　曹操的狡诈善变不仅体现在他对自己的部下，就连朋友他也不放过。他谋划刺杀董卓，由刺杀到献刀，由凶相到媚态，在瞬间完成角色的转变，不露声色，入情入理，非常人所能做到，既免去了一场杀身之祸，又获得了英雄的美名。他释放张辽，张辽被擒归来，他先是拔剑在手，定要亲自杀掉张辽，此时，刘备挽住他手，张飞跪求于他面前，他立即明白了杀张辽弊大于利，瞬息之间，电击雷轰的脸上变得春风荡漾，掷剑在地"亲释其缚，解衣衣之，延之上座"。这一招效果显著，既

青梅煮酒论英雄

收买了人心，又延揽了大将。

但是，说曹操是一世枭雄，也是肯定他英雄的一面。毛泽东就评价说，曹操是一个英雄，他有头脑、有眼光、有胆略、有气魄、有自信，文才武略，样样超人。青梅煮酒，以英雄自诩；横槊赋诗，以周公自比。他目光远大、识才重才。例如，识关公于弓马手之时，说服袁绍让关公出战，斩华雄前斟酒壮行；始终与关公交好，最后终于在华容道被关公义释。他识刘备，在青梅煮酒论英雄之时，就曾经说："天下之英雄，唯使君与操耳。"他还曾说："生子当如孙仲谋。"毛宗岗说："操爱才如此，焉有不得天下。"

在三国的人物中，无论在政治上，还是在军事上，曹操都算得上是一位出色的智者。他一生打过许多漂亮的仗，最能体现其智慧的是一些败中取胜的战斗，败中取胜的濮阳之战与以少胜多的官渡之战等等。

总之，曹操是奸和雄的结合体，同时又是刘备的衬托者。他虽奸犹雄、以奸显雄、奸得可爱、奸得有趣。唯有他的奸，才更能显示出刘备的仁。

2．"忠绝"关公

关羽是按照社会理想塑造出来的典型，

因此得到了社会各阶层的喜爱和尊重，官方和民间都修关帝庙，各行各业的人都敬奉关公。关公是一个超时代、超阶级的艺术典型。

他神勇无敌。他战胜敌人不是靠力量、武艺、技巧、战术，而是凭一种磅礴的气势，任何强大的敌人在他的面前只有引颈就戮的份，华雄、颜良无不如此。斩颜良，刀起头落，干净利落，死后还能显灵，使曹操落下了头痛的毛病。他坚持大义，他有信用、待人忠诚，一生履行着自己的诺言追随刘备，过五关斩六将投奔哥哥，死后化为神还在为蜀刘出力。他超越了集团和阶级的利益，义释曹操，这也使他得到了各阶层和各类人的崇敬。

关羽像

波澜壮阔、气势恢弘的历史画卷——《三国演义》

官方的、民间的、正义的、邪恶的，甚至连小偷、强盗也敬之如神。

但是这样一个人物身上也有弱点，致命的一点是他的傲气。因为他听不进意见，导致了自己败走麦城而丢失荆州，因此，关公的悲剧是性格的悲剧。

3.“智绝”诸葛亮

诸葛亮是《三国演义》的第一主角，小说中有七十回以他为核心。

他有智慧。他集中华民族的智慧于一身，天文地理、人文历史、国计民生无所不知无所不晓。他的智集中了中国传统文化的精华，是一种融会贯通的大智慧。隆中对策中充满了辩证法和老子的思想和智慧。他谈到的两可两不可和曹操由弱而强、袁绍由强而亡的想法充满了辩证法。他告诉刘备什么该为，什么不该为。聪明是一般的智慧，我们的生活中并不缺乏聪明者。具有大智慧的人，一个时代不会很多，这主要指有战略眼光的人。大智如“隆中对策”，未出茅庐而尽知天下；中智如赤壁之战、七擒孟获，都是最能体现孔明智慧的章节。如果说“隆中对策”只是一种设想，那么赤壁之战则是具体实施；小智如借东风、缩地法、祭水、木牛流马、八卦阵等。

三国圣地之诸葛旗帜

武侯祠大拜殿内诸葛亮塑像

　　诸葛亮的智慧有两个来源，一是丰富的知识储备，二是将已有的知识融会贯通。这样，当作者把那些子虚乌有的东西加在他的身上时，显得那样自然可信。

　　诸葛亮是忠诚和道德的化身。作为两朝元老，他一片忠诚，一旦选定明君，终身追随。白帝城托孤后，竭尽全力辅助幼主，从未生篡位之心；六出祁山，明知不可为而为之，最后病逝沙场，履行了"鞠躬尽瘁，死而后已"的诺言。他又是道德的楷模，在他的身上体现了中国的传统美德。不居功、不争功、不记恨，任劳任怨。误用马谡，自贬三级，还能重用马谡儿子；西取成都，让庞统建功；尽管妻子丑

桃园中盛开的桃花

陋，却忠于爱情。

　　总之，三国演义塑造人物形象的特点主要是突出人物的主要性格，即特质型性格（单一化、类型化、定型化、终极化），性格特征比较单纯、稳定，犹如雕塑，给人以强烈而深刻的印象，但是也有程式化、脸谱化、简单化的不足。

　　人物一出场就已定型。曹操之奸，关羽之忠，诸葛之智。这些性格的形成不需要理由，也不需铺垫，他描写人物用反复渲染的方法，用同一性质的事不断堆积，造成放大效应，也起到了突出效果的作用。在描写的细节上也注意加强，例如关公斩华雄归来"其酒尚温"的细节，表现了其神勇的性格；张飞在长坂坡桥上的三声大喊，夏侯霸跌下马来，肝胆俱裂，百万曹军，人如潮退，马如山崩的细节，大大地突出了张飞勇猛的性格特征。如此刻画人物与故事的流传经历了说书和话本的阶段有很大的关系，因为，只有这样才能加深听众的印象，留下记忆。

武侯祠诸葛像

除此之外，《三国演义》描写了大大小小的战争，构思宏伟，手法多样，使我们清楚地看到了一场场刀光剑影的战争场面。其中官渡之战、赤壁之战等战争的描写波澜起伏、跌宕跳跃，读来惊心动魄。全书的语言文不甚深，言不甚俗，简洁明快，气势充沛，生动活泼。

（四）《三国演义》催生的历史演义繁荣

《三国演义》的成功创作掀起了我国历史小说创作的热潮，它所塑造的一系列人物形象在我国已家喻户晓、妇孺皆知。从明清一直到今天，它的故事不断被改编成戏剧在舞台上上演，甚至搬上银幕和屏幕。除了它的社会影响，《三国演义》在文学上的影响

《东周列国志》

也是不容忽视的。

一方面是章回小说的形式，经《三国演义》的演变和广泛传播，章回小说成为我国古代长篇小说的一种为群众喜闻乐见的民族形式，不仅是古典小说作家，在现代作家中也还有人运用这种形式来进行写作。另一方面，从小说类型来看，由于《三国演义》的成就和影响，其后产生了不少历史演义小说，因而成为一个重要的小说类型系列。明末的可观道人在《新列国志叙》中说："自罗贯中氏《三国志》一书，以国史演为通俗演义，汪洋百余回，为世所尚。"在明代，较有成就的历史演义小说有：余邵鱼编写的《列国志传》，讲述了从商亡到秦并六国八百多年的历史，但艺术上比较粗糙；后来经过冯梦龙的扩大、增补和加工，成为一百零八回的《新列国志》，内容则集中写春秋战国时期的故事，在语言和艺术上都有很大的提高。到清代，又经人删改，最后成为流传很广的蔡元放的《东周列国志》。另外还有《唐书志传通俗演义》《隋唐两朝志传》《隋炀帝艳史》《隋史遗文》等，到清代康熙年间褚人获又将后三种剪裁改写为《隋唐演义》一书，在群众中产生了较大的影响。

三、官逼民反与替天行道的忠义悲歌——《水浒传》

《水浒传》这一类小说通常被称为英雄传奇，有别于《三国演义》之类的历史演义。这两类小说有共同点，即主要人物和题材都有一定的历史根据。两者又有相异点：前者一般是从宋元小说话本中的"说公案""朴刀、杆棒，及发迹变泰之事"或"说铁骑儿"之类发展而来，而后者是由"讲史"话本演化而成；前者以塑造一个或几个传奇式的英雄人物为重点，而后者则着眼于全面地描写一代兴废或几朝历史；前者的故事虚多于实，甚至主要出于虚构，后者比较注重依傍史实。这些不同也就使前者有可能突破历史事实的制约，跳出帝王将相、军国大事的圈子，将目光移向民间的日常生活和普通的人。在明代的英雄传奇小说中，继《水浒传》之后，还有《杨家府演义》《大宋中兴通俗演义》等比较有名。

（一）《水浒传》的成书过程与作者

《水浒传》所写宋江起义的故事源于真实历史。据史料记载，宋江确有其人，他在北宋宣和年间领导了一次规模不大的起义，持续约三年，只有 36 人，主要活动于河北、

水浒城城墙

水浒城茅草屋

山东、苏北一带，其后在海州（今连云港一带）被知州张叔夜打败，投降后参加了征方腊之役。这些在《宋史》中的《徽宗本纪》《侯蒙传》《张叔夜传》以及其他一些史料中都有记载。

从南宋到水浒成书的元末明初，大约250年，这期间宋江故事在民间以各种方式进行传播。无数田夫野老、市民胥吏、说书艺人、杂剧作家参与了宋江故事的创作，形式多样，有口传故事，有说书话本，也有戏曲，其中大部分已经不复存在，只有少量作品在文献中留下了痕迹，这痕迹如同巨大冰山的一角，例如：南宋罗烨《醉翁谈录·小

水浒城前士兵

说开辟》话本的书目有：《青面兽》《花和尚》《武行者》《石头孙立》《徐京落草》。南宋龚开《宋江三十六赞》中提到：龚开，字圣与，是位画家。他喜好听宋江故事，为宋江等36人画像、题诗、写序。这里好汉人数仍为36人，没提到梁山泊，反而五次提到太行山。元初话本《大宋宣和遗事》是一部史话本，专门讲述北宋衰亡的经过。其中有一部分讲述宋江故事，大约有四千字，其中写到杨志卖刀、智取生辰纲，宋江杀阎婆惜、玄女授天书、受招安、征方腊等回目。这里好汉名单仍为36人，同时第一次出现了地名梁山泊，但与太行山连在了一起，称"太行山梁山泊"，有的学者分析，这说明《大宋宣和遗事》是流行于南方的"水浒"故事版本。南宋时，由于宋金对峙，山川阻隔，南方说书人对北方地理不熟悉，只知道梁山泊、太行山是好汉出没的地方，于是想当然将这两处合为一处了。水浒的故事那时可能在南方流传得较广并成熟起来的。

以元杂剧为主要表演形式的"水浒戏"，保存下来的有几十种，属于水浒故事的有三四种，如高文秀的《黑旋风双献功》、康进之的《黑旋风负荆》、李文蔚的《燕青博鱼》、李致远的《还牢末》等。其他一些剧目作者不详，年代也不能断定。还有一些失传的水浒戏，只有名目保存了下来，因而作者和年代更难以确定。

元末明初，施耐庵、罗贯中两人把流传于民间、水平参差、层次不高的原始传说及早期作品进行了整合加工和编纂创作，这才使一部民间作品升华为不朽的文学巨著。没有施耐庵和罗贯中两位大作家创造性的劳动，就不可能有《水浒传》。

关于《水浒传》的作者，明代有四种说法，现存古本中提到《水浒》的作者，大都是这样写的："钱塘施耐庵本、罗贯中编次。"稍

水浒城车马

后有"罗贯中作说"和"施耐庵作说"。明末清初金圣叹的《第五才子书水浒传》又提出了"前七十回为施耐庵所写，后五十回为罗贯中续作"的说法，这或许说明施耐庵是确有其人的。古本《水浒》上说"钱塘施耐庵"，钱塘是今天的杭州。那么，施耐庵就应该是浙江杭州人，还有人认为他是江苏大丰县人。正因为缺乏确凿的证据，因此作者的籍贯众说纷纭，难以确立。

然而在民间，特别是在江苏苏州、兴化一带，有关施耐庵的传说特别多。有人说施耐庵是苏州人，是孔子弟子施之常的后裔，生于元成宗元贞二年（1296年），自幼聪明

水浒城古建筑

好学、才气过人，36 岁进京应试，得中辛未榜进士，并结识了同榜得中的刘伯温，两人相处投契。后施耐庵调任钱塘县尹，由于不愿意昧心侍奉权贵，两年后愤然辞官，回到故里开学馆教书，并开始创作梁山故事。刘伯温当了朱元璋的军师后，多次邀请施耐庵出来协助朱元璋，为了避开朱元璋的纠缠，完成自己写书的夙愿，施耐庵又搬到地方偏僻、交通不便的兴化隐居著书。元至正二十八年，施耐庵写完《江湖豪客传》（即《水浒》），很快被传抄到社会上。明洪武元年（1368 年）冬，抄本传到朱元璋手中，朱元璋因多次邀请施耐庵出山不成，看了《江湖豪客传》后很生气，当即批示："此倡乱之书也。是人胸中定有逆谋，不除之贻患。"施耐庵因而被捕入狱。由于刘伯温多方周旋，施耐庵才免于一死。但一年多的牢狱生活，使他在精神上、肉体上都受到了很大的摧残，归途中又染上了疾病，只得暂住淮安，明洪武三年春病逝于淮安，终年 75 岁。施耐庵死后，其弟子罗贯中将施耐庵的遗作加以整理、增删成书出版，故后人曰：《水浒》是施耐庵本、罗贯中编次。

水浒城内皇帝龙椅

《李卓吾批评忠义水浒传》

《水浒传》的版本相当复杂，今知有7种不同回数的版本，而从文字的详略、描写的细密来分，又有繁本与简本之别。繁本有71回本、100回本、120回本3种，简本则有102回本、110回本、115回本、124回本等。另外，简本中也有120回本和不分卷本。

（二）传奇英雄的忠肝义胆

《水浒传》最早的名字叫《忠义水浒传》，这就很明显地表现了施耐庵创作这部小说的意图——他是推崇忠义的。小说描写了一批"大力大贤有忠有义之人"，未能"酷吏赃官都杀尽，忠心报答赵官家"，却被奸臣贪官逼上梁山，沦为"盗寇"，接受招安后，这批"共存忠义于心，同著功勋于国"的英雄，仍被误国之臣、无道之君一个个逼向了绝路。"煞曜罡星今已矣，谗臣贼相尚依然！"作者为这样的现实深感不平，发愤而谱写了这样一曲忠义的悲歌。

《水浒传》在表现梁山众英雄身上的"忠"和"义"时，前后的侧重点是不同的。它大致以第六十回"公孙胜芒旸山降魔，晁天王曾头市中箭"为分界线，前半部重在写"义"，而后半部的重心则已开始移向"忠"了。梁

水浒城石狮雕刻

山泊主是众英雄的首领，是他们的旗帜。书中对"忠义"描写侧重点的改变，也正体现在梁山泊主位置的更替上。

在作品的前六十回中，梁山寨中以晁盖为尊，他是尚义的，这是符合他的身份和性格的。晁盖原本是位草莽英雄，爱的是舞枪弄棒，好的是结交天下英雄好汉。他仗义疏财，名声远播江湖，英雄好汉多慕名来投奔。刘唐、公孙胜敢于冒着生命危险到晁盖庄上报信，共商劫取生辰纲的事情，也正是由于晁盖的重"义"。这同时也说明江湖好汉信任"义"的程度，信任到可以把生命交付给对方。阮氏三兄弟和吴用、刘唐、公孙胜等人因为耳闻晁盖是仗义之人，所以才与他共商劫取生辰纲的大计。在他们做这件事的风声走漏之后，幸亏宋江偷着来告密，才使他们免去杀身之祸，得以聚义梁山山寨逍遥快活，这正是江湖义气的好处。

应该说明的是，众英雄好汉身上所体现的"义"的形式并不是单一的，而是几种形式互相交融的。除了兄弟之义、行侠仗义、江湖之义外，还有朋友之义。但江湖好汉所推崇的"义"，大多是和官府的律条相悖逆的，即"义"的行为和封建王朝的统治是一对不

水浒城装饰华丽的房檐

可调和的矛盾，它们具有明显的对立性。众英雄施展侠义行为，就难免触犯官府的律条，受到官府的缉拿和惩罚，比如鲁智深三拳打死镇关西，本是为民除害，却被官府悬赏通缉追捕。他为了不吃官司，只得流落江湖，最后被迫做了和尚。到了这个地步，江湖好汉终于认识到了个人力量的渺小，为了保护自己，为了更好地行侠仗义，他们走上了联合的道路，汇集梁山，公开与官府对抗。英雄好汉闻风而来，梁山寨中的议事大厅成了名副其实的"聚义厅"，梁山事业一片红火。

水浒城大相国寺建筑

但是在晁盖中箭身亡、宋江做了梁山泊主以后，梁山寨的行为宗旨发生了变化，"聚义厅"被更名为"忠义堂"，"忠"成了梁山的旗帜，而"义"则退居到了次要地位。在这里，施耐庵塑造了一个具有多重性格的人物——宋江。他疏财仗义、济弱扶贫、孝亲敬反，这是他性格敦厚温柔的一面；他效忠皇帝、讲义气，这是他性格中正统思想的一面；他明处为大家办事，暗处结交江湖大盗，这是他性格中虚伪狡诈的一面；他聚众反国、题诗言志，这是他性格中反叛的一面，施耐庵通过描写宋江充满矛盾的行为，向我们展示了一个多重性格的人物。作品中用了相当多的笔墨塑造宋江的忠义，让他的性格在既矛盾又统一的忠和义的主导下曲折地发展。他牢记"替天行道为主，全仗忠义为臣，辅国安民，去邪归正"的"法旨"，一再宣称："小可宋江怎敢背负朝廷？盖为官吏污滥，威逼得紧，误犯大罪；因此权借水泊里避难，只待朝廷赦罪招安。"因此，当他坐上第一把交椅后，即把"聚义厅"改成"忠义堂"，进一步明确了梁山队伍"同心合意，同气相从，共为股肱，一同替天行道"的基本路线。盖棺定论，宋江就是一个忠义双全的人。又因为宋江是梁山头领、英雄代表，故梁山好汉乃一批忠义之士，这就是作品所盛赞的人生理想和价值观——忠义。

（三）白话小说的典范之作

《水浒传》是我国古典小说白话语体成熟的标志。

唐宋以来，建筑在口头叙事文学基础上的变文、话本之类，是中国白话小说的发轫，但多数写得文白相杂、简陋不畅，就算是《三国志通俗演义》，虽以"通俗"标榜，但由

《忠义水浒传》插图

章回小说与古典四大名著
048

《新刻全像忠义水浒传》

于受到"演义"历史的制约,仍显得半文不白,以致有人说它"是白描浅说的文言,不是白话"。而《水浒传》则能娴熟地运用白话来写景、叙事、传神,比如第十回"林教头风雪山神庙"中的"那雪正下得紧"一句,鲁迅就称赞它"比'大雪纷飞'多两个字,但那'神韵'却好得远了"。因为"紧"字不但写出了风雪之大,而且也隐含了人物的心理感受,烘托了气氛。特别是在人物语言个性化方面,《水浒传》能"一样人,便还他一样说话",从对话中能看出不同人物的性格。

《水浒传》作为一部英雄传奇小说的典

水浒人物像

范，成功地塑造了一系列超伦绝群而又神态各异的典型人物。这些人物个性鲜明、真实，《三国》中人物的性格虽然也是鲜明的，但是却是雕塑式的，缺少生活的真实，给人一种高高在上的感觉。金圣叹《读第五才子书法》中说："独有《水浒传》，只是看不厌，无非为他把一百八个人性格都写出来。""《水浒》所叙，叙一百八人，人有其性情，人有其气质，人有其形状，人有其声口"。"天下文章，无有出《水浒》右者"。

叶昼《忠义水浒传小引》中说："《水浒传》文字妙绝千古，全在同而不同处有辨（同类人物）。渠形容刻画来，各有派头、各有光景、各有家数、各有身份，一丝不差，半些不混，读去自有分辨，不必见其姓名。"

人物性格形成的环境和过程，不同于《三国演义》的终极的、静止的、不变的、天生的、完全舍弃环境和过程写法，而是写的有层次、有流动性和因果关系，大大增加了人物的真实度。性格形成的环境，突出"逼"字，既显示出人物的阶级共性，又有个性特征，又增加了人物的真实度。《水浒传》写人物，不但写了性格形成的环境，还特别注重性格形成的过程。不同环境的人，性格形成的过程也大不一样。这与《三国演义》的定型化、固定化的写法更真实，也更能说明梁山好汉并不是天生反骨，而是无路可走，被逼上梁山的，突出了一个"逼"字。

小说用对比衬托的方式塑造人物，这点是与《三国演义》相同的，是我国小说最重要的方法。

而人物塑造的现实化、平凡化、质朴化，则是对《三国演义》刻画人物方法的突破。《三国演义》刻画人物追求的是神奇化、理想化、崇高化，给人以光辉伟大、神采飞扬、高不可攀、可敬不可亲的印象。

面容凶煞的水浒人物像

水浒人物像

关公之义，孔明之智，张飞之猛皆如此。但是《水浒传》开始有意地把人从神的位置拉回到人的位置，写人的力量，特别是写集体的力量。《水浒传》虽然写了个人的超凡力量，如倒拔杨柳、三打镇关西、武松打虎，但无论个人如何了得，最后都无法摆脱走投无路、四处逃命的厄运，他们的本领只有在梁山这个集体中才能体现出来，使强大的对手闻之丧胆。所以，《水浒传》更多的是强调团队、整体的力量。如"智取生辰纲"，表现的就是集体的力量。首先，刘唐报信、公孙胜打听押送路线，白胜处落脚，八人缺一不可。再如其他的军事行动，靠的都是集体的智慧和力量。在"劫法场石秀跳楼"救卢俊义一回中，只有石秀一人在场，却大喊："梁山泊好汉全伙在此！"是集体的声威，吓得蔡福、蔡庆撇下卢俊义便走。而《三国演义》中突出的却是个人的力量，如：赤壁之战、安居平五路、七擒孟获、六出祁山完全靠的是诸葛亮个人的神机妙算，其他的人形同虚设。张飞阻拦曹军，大声叫喊："吾乃燕人张翼德在此，谁敢与吾决一死战！"这些与水浒的写法大不一样。

《三国演义》对人物刻画大都是单色的、

凝固的，即写好人全好，写坏人全坏。《水浒传》基本上避免了这种写法，如梁山的三位领袖，各有优劣，而不是像刘备那样，成了仁政的化身。

王伦作为梁山的第一位领袖，富有造反精神。队伍的规模虽然不大，却名气不小。他们"不怕天、不怕地、不怕官司，论称分金银，异样穿绸锦，成瓮吃酒，大块吃肉"，令阮氏三雄羡慕不已。但其弱点是，心胸狭隘、嫉贤妒能，限制了梁山事业的发展，最后被林冲火并。

第二任领袖晁盖，仗义疏财，为人豪爽，有图王霸业之志，极有号召力和凝聚

形象生动的水浒人物像

力，但有些刚愎自用，终因听不进宋江、吴用、林冲等人的劝告，在曾头市被乱箭射死。

第三任领袖是宋江。他是一位难得的农民起义领袖，身上有许多优秀的品质。因为他，梁山由小到大、由弱到强，建立了一个令宋王朝害怕的农民根据地，但他也有致命的弱点，妥协、招安导致了起义军的彻底毁灭。

（四）《水浒传》的地位及影响

衡量一部作品的价值，一个重要的指标就是看它的影响力。《水浒传》的影响力表现在多个方面。

首先，它表现在对社会生活的影响上。它激起了人们对不合理社会的叛逆精神和扫尽天

表情逼真的水浒人物像

下不平事的理想主义的民族精神。正如英国的评论家杰克逊所说："《水浒传》又一次证明了人类灵魂是不可征服的……向上的不朽精神，这种精神贯穿着世界各地的人类历史。"同时，以农民起义为题材的内容，对明清农民起义产生了深远的影响，这种影响有正反两个方面。起义军常打出梁山的旗帜，号召民众，非常有鼓动性。李自成自称"奉天倡义"；太平天国的旗帜是"顺天行道"；义和团的旗帜是"替天行道"。还有许多起义军直接袭用梁山英雄的人名和绰号，有的义军以《水浒传》作为教科书，"少不看《水浒》，老不看《三国》"的熟语，也说明了小说影响的存在。因为影响太大，明清两朝曾多次销毁《水浒》，罪名是"诲盗""贼书"，并对作者大肆进行人身攻击，说施耐庵子孙三代皆哑。还说"世之多盗，弊全坐此，皆《水浒》一书之崇也"。招安受抚者，也以水浒为借口，如张献忠招安时说："戮力王室，效宋江水浒故事耳。"（《纪事略》）

神情严肃的水浒人物像

其次表现在对后世文学的影响上。小说确立了俗文学不可动摇的地位，李贽称其为天下"五部大文章"之一。如果说《三国演义》只是俗文学的开创，那么《水浒传》则奠定

水浒人物像

　　了白话小说的地位,并成为了其他文学的题材宝库。大量明清戏曲都以《水浒传》故事为题材,传奇有三十三种,地方戏和京剧有六十七种,同时它还开创了英雄传奇小说系列的先河。

　　最后是小说的国际影响。这部著作是流传最广、评价最高的古代小说之一,有十几种文字的译本,法译本曾获法兰西 1978 年文学奖;美国女作家、诺贝尔文学奖获得者赛珍珠把七十回本《水浒传》译为《四海之内》,并介绍说:"《水浒》这部著作始终是最伟大的,并且饱含了全人类的意义。尽管它问世以来,已经过了几个世纪。"因而使此书成了世界上最流行的英译本;《大英百科全书》评价说:"元末明初的小说《水浒》,因以通俗的口语形式出现于历史杰作的行列而获得普遍喝彩,它被认为是最有意义的一部文学作品。"

四、出于游戏、幻妄无当的神魔小说——《西游记》

在中国小说史上,《西游记》是一部很奇特的小说,它讲述的故事不是发生在现实生活中,而是产生在幻想的世界里的。自它产生以来,不知有多少人被它所描写的奇异故事和人物所吸引。《西游记》的成书虽然经历了数百年的历程,但它的最后成书仍然要归功于吴承恩。

(一)《西游记》的题材与作者

吴承恩(1501—1582),字汝忠,号射阳山人,淮安山阳(今江苏淮安)人。他出身于一个从"两世相继为学官",最终没落为商人的家庭。他的父亲是个不善经营的小商人,但他爱读书,常为其中忠臣义士的不

吴承恩像

吴承恩故居风景

幸遭遇痛哭流涕，且好谈论时政，"意有所不平，辄抚几愤惋，意气郁郁"。在这种家庭环境中长大的吴承恩，自然会感受世态炎凉，也会从父辈那里吸收到"不平则鸣"的气质。

吴承恩"性敏多慧，博极群书，为诗文下笔立成"（《天启淮安府志》），但在科场上他却并不得意，连个举人都未能捞到，明嘉靖二十三年，才补贡生，做过短期的长兴县丞，一生清苦，心中自然愤懑。而他又是"善谐谑"，极喜欢那些奇闻轶事，他自己说："余幼年好奇闻，在童子社学时，

缅恩堂前吴承恩像

每偷市野言稗史，惧为父师呵夺，私求隐处读之。"吴承恩不仅爱看这类书，而且还动手写过志怪小说《禹鼎志》，这本书至今已失传，但序文犹存。序云："虽然吾书名为志怪，盖不专明鬼，时记人间变异，亦微有鉴戒寓焉。"他的诗如《瑞龙歌》《二郎搜山图歌》等，也都表现了借神话传说，寄托扫荡邪魔、安民保国的愿望。所谓"坐观宋室用五鬼，不见虞廷诛四凶；野夫有怀多感激，抚事临风三叹息；胸中磨损斩邪刀，欲起平之恨无力；救月有矢救日弓，世间岂谓无英雄"，正是通过歌颂二郎神的搜山除妖来寄寓自己的理想的。它的浪漫主义风格，不仅可以和小说《西游记》互相印证，而且也流露了他创作《西游记》的旨趣。吴承恩虽处在前后七子"驰骛天下"的时代，但他的诗文创作却能独出胸臆，不入藩篱。这种追求艺术独创的精神，在小说《西游记》中，得到了最充分的发挥。他的著作除《西游记》外，还有后人辑录的《射阳先生存稿》现行于世。

吴承恩创作《西游记》主要是依据玄奘西游的故事，但是也凝聚了无数民间艺人和无名作者付出的艰辛劳动。这部作品是继《三国演义》和《水浒传》后出现的又一群众创作和文人创作相结合的作品。它的成书，酝酿了七百多年。

吴承恩故居风光

唐太宗贞观三年（注：《广弘明集》卷二十五载玄奘《请御制三藏圣序表》称贞观元年开始西行，今从《大唐大慈恩寺三藏法师传》，定在贞观三年），由于当时的佛卷经书不够完善，玄奘和尚不顾朝廷禁令，偷越国境，费时十七年，经历大大小小百余个国家，前往天竺国取回佛经六百五十七部，在当时震惊中外。归国后，玄奘奉诏口述所见，由门徒辩机将他的经历见闻辑录成《大唐西域记》。书中记载了玄奘和尚亲身经历的一百一十个、听闻过的二十八个西域国家和

出于游戏、幻妄无当的神魔小说——《西游记》

美猴王像

地区的地理环境、风土习俗、物产气候、文化政治等多方面情况，使人开了眼界。玄奘死后，他的门徒慧立、彦琮还撰写了《大唐大慈恩寺三藏法师传》，他们为了神化玄奘，在描绘他历尽艰险、一意西行的同时，还穿插了一些神话传说，如狮子王劫女产子，西女国生男不举，迦弥湿罗国"灭坏佛法"等传说故事。它们虽然游离于取经故事之外，却启发后来作者创作出更多有关取经的神话。

西游故事随着时代的变迁继续向前发展。当发展到南宋的说经话本《大唐三藏取经诗话》的时候，取经故事已经和各种神话故事串联起来，形式与寺院的"俗讲"很相似。书中已经出现了孙悟空的形象——猴行者。他原是"花果山紫云洞八万四千铜头铁额猕猴王"，化身为白衣秀士，主动来保护唐三藏西行取经。他神通广大，足智多谋，一路上伏妖降魔，杀白虎精、伏九馗龙、降深沙神，使取经事业得以"功德圆满"，这是取经故事的中心人物由玄奘逐渐变为猴王的开端。我国古代的稗史、志怪小说如《吴越春秋》《搜神记》《补江总白猿传》等，都写过白猿成精作怪的故事。而《古岳渎经》中的淮涡水怪无支祁，他的"神变奋迅"和叛逆特色同取经传说中的猴王尤为相近。《取经诗话》虽然粗糙简单，某些细节如蟠桃变幻、虎精破腹等都不近情理，但已比较清楚地显现了取经故事的轮廓。从深沙神、鬼子母国、女人国的描写上，也多少可以看出《西游记》某些章回的雏形。

取经故事发展到元代就已经定型了。元时磁州窑的唐僧取经枕上已有唐僧、孙悟空、猪八戒和沙僧师徒四人的取经形象。《永乐大典》一三一三九卷"送"韵"梦"条，引有一千二百余字的"梦斩泾河龙"，标题作《西游记》，内容和世德堂本《西游记》

花果山石刻

第九回"袁守诚妙算无私曲，老龙王拙计犯天条"基本相同。由此我们可以想到，最晚到了元末明初，就曾有过一部类似平话的《西游记》。

但是，任何一部名著单靠借鉴是远远不够的，还要加上作者的再创作。吴承恩集历代《西游记》故事之大成，并加以自己的艺术创造，使西游故事变得更丰富、更生动，人物形象也更丰满。从唐宋到明代，西游故事经历了数百年的流传，不少人都对它做了不同程度的丰富和加工，但唯有经过吴承恩进行了大量的艺术创造后，才使之成为一部不朽的名著，其功劳可谓大矣。

花果山山崖峭壁

《西游记》的版本较为复杂。现存最早的《西游记》刊本是明万历二十年金陵世德堂的《新刻出像官版大字西游记》，共一百回，但无唐僧出身的情节。其他三种明代刊本，也均无此情节。著名的清代刊本有汪象旭编的《西游证道书》、张书绅编的《新说西游记》等，这些清刊本均为一百回，均将作者误题为丘处机，但都有玄奘出身一节故事。另外，还有明刊简本两种，一般被认为是百回本的删节本。

另外，关于吴承恩是否真是《西游记》的作者一说，在国内外学术界还有很大的争议。许多学者根据一些书目与材料论证吴承恩不是《西游记》的作者，这个问题至今未有定论。在没有确凿的结论之前，我们还是习惯把《西游记》的著作权或者说改编权归于吴承恩。

（二）追求个性和自由的美猴王

《西游记》经吴承恩的润饰，将前代多年积累下来并在民间流传的以唐僧取经为主的故事，改为以美猴王孙悟空为主的战天斗地史，这个追求个性和自由的美猴王孙悟空是全书中最光辉的形象。"大闹

三打白骨精像

天宫"突出了他热爱自由、勇于反抗的精神，"西天取经"表现了他见恶必除、除恶必尽的精神。孙悟空大闹天宫失败后，经过五行山下五百年的镇压被唐僧放出，同往西天时他已不再是一个叛逆者的形象，而是一个头戴紧箍，身穿虎皮裙，专为人间解除魔难的英雄。在重重困难面前顽强不屈、随机应变，是镇魔者孙悟空的主要特征。

东胜神洲傲来国有一花果山，山顶一石，产下一猴。石猴求师学艺，得名孙悟空，学会七十二般变化，一个筋斗翻去可行十万八千里，自称"美猴王"。他盗得定海神针化作如意金箍棒，可大可小，重一万三千五百斤。又去阴曹地府，把猴属名字从生死簿上勾销。玉帝欲遣兵捉拿，太白金星建议把孙悟空召入上界做弼马温。当猴王得知弼马温只是个管马的小官后，便打出天门，返回花果山，自称"齐天大圣"。玉帝派天兵天将捉拿孙悟空，美猴王连败巨灵神、哪吒二将。孙悟空又被请上天管理蟠桃园，他偷吃了蟠桃，搅闹了王母娘娘的蟠桃宴、盗食了太上老君的金丹，逃离天宫。玉帝又派天兵捉拿，孙悟空与二郎神赌法斗战，不分胜负，太上老君用暗器击中孙悟空，猴

吴承恩故居

王被擒，经刀砍斧剁，火烧雷击，丹炉锻炼，孙悟空毫发无伤，玉帝请来佛祖如来，才把孙悟空压在五行山下。

由此可见，《西游记》中的孙悟空身上体现出了一种追求自由、蔑视礼法，反对权威的叛逆精神和顽强的斗争精神，尤其是作品中大闹天宫的故事，以无比的热情赞美了他的反抗精神和战斗性格。从某种程度上说，天庭的秩序和尊严象征着地上的封建统治，孙悟空的大闹天宫寄寓了封建社会中的广大人民要求自由解放，反抗封建压迫的愿望和斗争要求，寄托着包

川剧《火焰山》剧照

出于游戏、幻妄无当的神魔小说——《西游记》

川剧《火焰山》表演者

括作者在内的广大人民的理想和愿望，是人们心目中的神话英雄。小说中直称孙悟空为"心猿"，表达的正是这层意蕴，"心猿"是自由的心灵，是永不衰竭的激情，是勇敢无畏的斗争精神，是昂扬乐观的智者风采，这一切都在孙悟空的形象中得到了印证。

除了孙悟空外，猪八戒的形象也颇值得注意。如果说孙悟空的形象代表着人的心灵追求或者说是精神追求，那么猪八戒的形象则象征着人的物欲追求。他具有行动莽撞、好吃懒做等特点，是猪性和人性的结合体。但是，猪八戒也有些长处，如能吃苦耐劳，在妖魔面前从不屈服。但他的毛病特别多，比如贪恋女色，好占小便宜，遇到困难就产生动摇等。猪八戒的缺点，体现了某些人类普遍存在的欲望和弱点，读起来让人觉得特别亲切。

妖魔也是《西游记》中重要的艺术形象。妖魔有许多种类：第一类是毒性和邪性之魔，如蜘蛛精、蝎子精（琵琶精）和蜈蚣精（千目怪），车迟国的虎力、鹿力、羊力等，毁佛灭法，也属此类，他们多被除掉。另一类则是懂得修行的妖魔，如黑风洞的熊精、火云洞的红孩儿，他们最终都入了仙籍。再有一类是以神为魔，如黄袍老怪以及佛陀、老君、菩萨、天尊的侍童与坐骑等，最后，他们纷纷被捉拿归位。这些妖魔都是取经人的敌人，或是要食唐僧肉，或是要惑唐僧心，总之是设置障碍阻止他们前往西天取经。有些妖魔写得很有个性，如白骨精的狡猾、红孩儿的任性、牛魔王的喜新厌旧等等，非常生动。这些

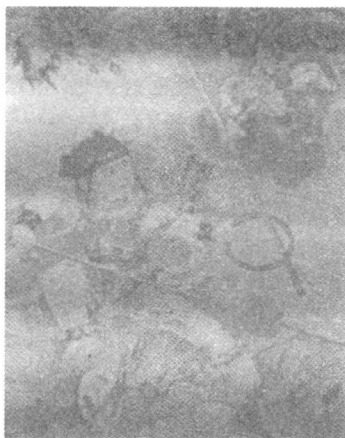

哪吒画像

孙悟空脸谱

艺术形象组成了一个光怪陆离的神话世界，表现出了作者丰富的艺术想象力。

《西游记》中，作者将善意的嘲笑和辛辣的讽刺结合起来，寄予了作者对笔下人物的鲜明爱憎。孙悟空是作者大力歌颂的正面人物，但对他"秉性高傲"的缺点，作者也不失时机地加以嘲讽，例如"二借芭蕉扇"时，写他没有学到缩小扇子的口诀，致使一位身高不满三尺的汉子，竟趾高气扬地扛着一把丈二尺长的大扇，这就善意地讥讽了孙猴子的自满。猪八戒虽然也是正面人物，但作者对他身上的缺点批评得毫不留情。第七十五回写狮驼岭洞窟中的三个魔王，有所谓进入其中就会化成脓的阴阳二气瓶的宝物，孙悟空被吞了进去，八戒感到非常绝望，向沙悟净说道："你拿行李来，我们两个分了罢。"沙僧道："二哥，分怎的？"八戒道："分开了，各人散伙，你往流沙河，还去吃人，我往高老庄，看看我浑家。将白马卖了，与师父买个寿器送终。"猪八戒动不动就吵着分行李，回高老庄做女婿。作者嘲讽了猪八戒胸无大志、易于动摇、好占便宜的性格。

（三）神魔小说的梦幻与寓言

《西游记》虽然是神话小说，但对社会生

着装华丽的猪八戒泥塑

活的本质反映丝毫不比历史演义、英雄传奇逊色。孙悟空大闹三界折射着人们在人世间对朝廷官府的反抗。而我们稍作类比思考，就很容易明白，玉帝的天庭即是人间皇帝的朝廷，各路神仙就是朝中百官。特别有意思的是，取经路上与唐僧孙悟空作对的妖怪竟然大多都是与天上的神仙有关的，有的甚至是沾亲带故的。波月洞的老鼠精是托塔天王李靖的干女儿，平顶山的金角大王、银角大王是太上老君的司炉童子，太上老君的青牛精两度下界危害百姓，寿翁的鹿、嫦娥的兔也到人间作乱。特别深刻的是，如来造经普度东土众生，观音找人具体实施，观音池塘里的金鱼竟然也到通天河为怪，如来的护法大鹏鸟也下界为害。这里不说讽刺的深刻，而是说这些是人间的裙带关系以及对官员的下属爪牙仗势欺人、为害百姓的反映。至于师徒四人到了西天以后，由

西游记师徒四人服饰

花果山

于没有给管经的菩萨阿难、迦叶送礼，这两位菩萨竟以"白手传经继世，后人当饿死矣"为理由索贿！由于未能满足私欲，竟给唐僧无字的空本子！当孙悟空告到如来处，如来竟然说："……经不可以轻传，亦不可以空取！"其虽有调侃成分，但又何尝不是官府索贿的翻版？《西游记》的认识意义就在

吴承恩故居一景

于——神间也是人间！

作为成就最高的神魔小说，浪漫主义是《西游记》最基本的艺术特征，它把浪漫主义的创作方法提升到了一个新的历史高度。

在整体风格上，《西游记》洋溢着浓厚的幻想色彩，在古代长篇小说中构筑了一个变幻奇诡而又真实生动的神话世界。不论是光怪陆离的风物环境、扑朔迷离的故事情节，还是别具一格的神魔人物，无不充满瑰丽的想象、神奇的夸张，具有独特的审美价值。

在形象塑造上，《西游记》将人性、物性与神性有机地糅合在一起，使"神魔皆有人情，精魅亦通世故"。物性是指神魔形象本体物的现实自然属性；神性是指神魔形象所具有的超人的法术和本领；人性是指神魔形象所寄托的某些类人的现实社会属性。其中人性是内在核心，居于主导地位。正是三者的水乳交融，妙合无垠，才塑造出了许多具有高度美学价值的神魔形象。

在艺术结构上，全书经纬分明、严谨完整。此书由大闹三界、取经缘起、西天取经三大部分组成，这三大部分既是有机联系的艺术整体，又各自具有相对的独立性，每一部分也由各有起讫、相对独立的若干小故事组成。

唐僧师徒四人雕塑

其中大闹三界是序幕，取经缘起是过渡，西天取经是主体。全书以唐僧师徒取经为贯穿始终的主要线索，把数十个小故事串联起来，可称为是"线性结构"。

在艺术格调上，《西游记》继承了"寓庄于谐"的优秀传统，"戏墨寓至理，幻笔抒奇思"，亦谐亦谑，寓嘲寓讽，轻松活泼，妙趣横生，使作品充满诙谐的兴味，产生出异常浓烈的喜剧性效果。作品或随意点染，涉笔成趣；或借题发挥，针砭时弊；或冷嘲热讽，饶有情趣，可谓嬉笑怒骂，皆成妙文。

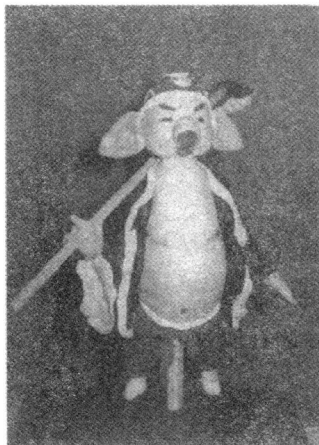

猪八戒像

（四）《西游记》对神魔小说的影响

《西游记》之后至明末短短的几十年间，涌现出了近三十部内容各异、长短不同的神魔小说，迅速形成了与历史演义等明显不同的小说流派。与此前的《三国演义》《水浒传》相比可谓独树一帜而毫不逊色，雅俗共赏。这派小说主要有以下三种类型：

首先是《西游记》的续书、仿作、节本，以及与其相配套的系列丛书。《续西游记》是《西游记》成书不久以后的续作，写唐僧师徒四人取得真经以后，一路护经回到长安的故事。明末董说撰有《西游补》，写孙悟空在"三调芭蕉扇"之后，为情妖鲭鱼精所惑，难脱情网，后在虚空主人的棒喝之下，回复真我，全书寓有对"情"的理性思考。还有《后西游记》（又名《小西游》），每回书都是一则寓言，它继承了《西游记》寓意嘲讽的特点。

另辟题材又刻意模仿的神话小说是《三

火焰山

宝太监西洋记》，该书一百回，作者为罗登懋，书成于明代万历二十五年（1597年）。题材取自历史事件郑和下西洋的故事。唐僧是陆游，郑和是海征。郑和作为征西元帅，金碧峰长老为大明国师，张天师为大明天师，从红江口登船出征，周历39个国家，臣服者礼之，不服者征之，征伐斗阵，均赖国师、天师的法术。书中有多处模仿《西游记》的痕迹，但内涵远不及《西游记》。

《封神演义》是继《西游记》以后影响最大的一部神魔小说。该书成于明代隆庆至万历年间，作者为许仲琳。该书的成书过程也与《西游记》相仿，以历史上的武王伐纣的史实为影子而加以演绎，充分利用宋元以来这一题材的各种评话，如《武王伐纣评话》等，加以整理编撰，创作而成。

神魔小说发展到清代，又有《钟馗斩鬼传》《绿野仙踪》《济公传》等，但影响都不如《封神演义》，更遑论与《西游记》比肩了。

对于神魔小说，还有一点是值得注意的，那就是它在文化史上的意义，特别是对底层百姓在文化上所起的影响。神魔小说总是与宗教交织在一起，底层百姓享受

吴承恩故居

不到文化教育的权利，却受着瓦肆勾栏、坊间里曲的神魔小说的影响。老百姓的宗教影响主要来自于庙宇道观的各种神像和神魔小说。就神魔小说的影响而言，他们对老子、元始天尊、姜子牙、赵公明、道教的认识主要得之于《封神演义》，而对

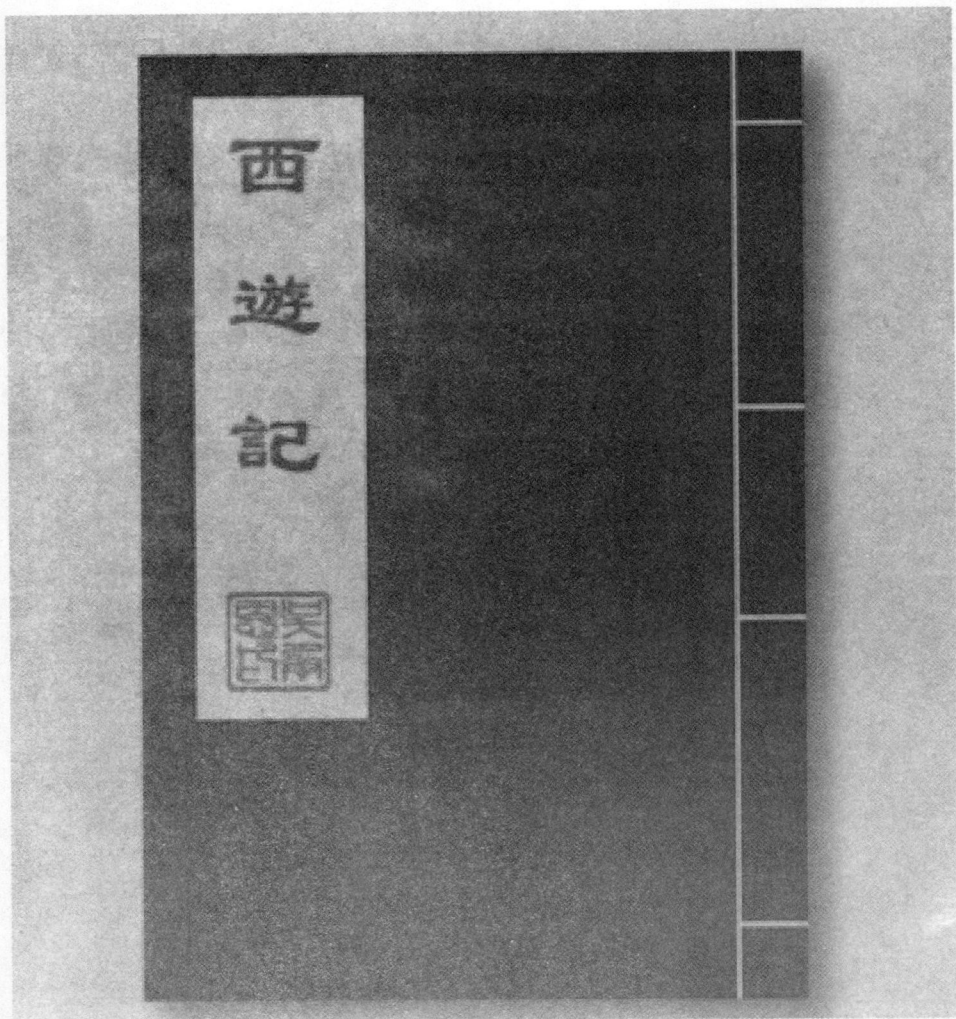

《西游记》

如来佛、观世音菩萨、阎罗殿、玉皇大帝、王母娘娘、托塔李天王、太白金星、太上老君等神谱神系的认识则主要得之于《西游记》。

五、贵族之家兴盛衰亡的苍凉传奇——《红楼梦》

曹雪芹像

在明清小说中，最为后人称道的莫过于《红楼梦》了。鲁迅曾说："自《红楼梦》出来以后，传统的思想和写法都被打破了"（《中国小说的历史变迁》）。该书问世后不久即以手抄本的形式广为流传，"可谓不胫而走者矣"（程伟元《红楼梦序》）。20 世纪以来，《红楼梦》更以其所塑造的异常出色的艺术形象和极其丰富深刻的思想底蕴，使学术界产生了以该书为研究对象的专门学问——"红学"，这恐怕连它的作者曹雪芹也是始料不及的。曹雪芹当年将《红楼梦》一书"于悼红轩中披阅十载，增删五次，纂成目录，分出章回"之后，曾感慨万端地题写一绝："满纸荒唐言，一把辛酸泪。都云作者痴，谁解其中味？"（第一回）这也就成为"红学"家永远说不完的话题。

（一）身世飘零的曹雪芹与《红楼梦》

《红楼梦》的作者曹雪芹（约 1715—约 1764），名霑，字梦阮，号雪芹、芹圃、芹溪，祖籍一说辽宁辽阳，一说河北丰润。他的远祖于明末在辽阳、铁岭一带归入满洲正白旗，成为满洲皇室的"包衣"，他的高祖随清军入关，得到宠幸，身份由"包衣下贱"变为

曹雪芹纪念馆

"从龙旧勋"，成为煊赫一时的世家。他的曾祖曹玺的妻子当过康熙的保姆，而祖父曹寅小时候也作过康熙的伴读。

由于这种特殊的关系，康熙登基后，曹家得到格外的恩宠。清代康熙二年（1663年），曹玺任江宁织造，此后曹寅及伯父曹颙、父亲曹頫袭任此职，前后达六十余年。江宁织造名义上只是一个为宫廷采办织物和日常用品的小官，但实际上却是康熙派驻江南、督察军政民情的私人心腹，康熙六次南巡，其中四次由曹寅接驾，并以江宁织造府为行宫；同时江宁织造还控制着江南的丝织业，从中获取极大的利益。曹雪芹就是在这种繁盛荣华的家境中度过了他到 13 岁为止的少年时代。

康熙死后，曹家的境况发生了急剧的变化。经过激烈的宫廷斗争才获得皇位的雍正，急于巩固自己的地位，这也包括肃清他父亲的内外亲信。雍正五年（1727 年），曹𫖯以解送织物进京时"苛索繁费，苦累驿站""织造款项亏空甚多"等罪名被革职，家产也被抄没（见"雍正五年上谕"），全家迁回北京。最初，曹家还蒙恩稍稍留下些房产田地，后于乾隆初年又发生了一次详情不明的变故，从此彻底败落，子弟们沦落到社会底层。

大观园幻境馆

大观园旗帜

曹雪芹本人的情况现在了解得还很少，只能从他的好友敦诚、敦敏和张宜泉等人留下的不多的诗中以及其他很少的零散材料中探知些许。回京后，曹雪芹曾在一所宗族学堂"右翼宗学"里当过掌管文墨的杂差，地位卑下，境遇潦倒，常常要靠卖画才能维持生活。但作为一个经历过富贵繁华而又才华横溢的人，他很难放下自己的尊严。他的个性豪爽狂放，朋友们比之为示俗人以白眼的阮籍。他的一生的最后十几年，流落到北京西郊的一个小山村（《红楼梦》就是在那里写成的），生活更加困顿，已经到了"举家食粥酒常赊"（敦诚《赠曹芹圃》）的地步。乾隆二十六年（1761 年）秋，爱子夭亡，不久，他也因伤感谢世，留下一个新娶不久的继妻和一部未完成的书稿。敦诚《挽曹雪芹》诗以"孤儿渺漠魂应逐，新妇飘零目岂瞑"这样哀切的句子，写出其最后的凄凉。

在封建时代残酷的权力斗争中，像曹家那样由盛而衰的剧变，并非罕见。但只有亲身经历过这种剧变的人，才会对人生、对社会、对世情产生一种不同寻常的真切感受，这和旁观世事变幻者的感受不同。

在饱经沧桑之后，曹雪芹郁结的情感需要得到宣泄，他的才华也需要得到一种实现，从而，他的生命才能从苦难中解脱而成为有意义的完成。他选择了艺术创造——被不幸的命运所摧残的天才重建自我的唯一方式。《红楼梦》第一回记述道："曹雪芹于悼红轩中披阅十载，增删五次。"而后又题一绝云："满纸荒唐言，一把辛酸泪！都云作者痴，谁解其中味？"

也许可以说，中国历史上除了司马迁作《史记》，再没有人像曹雪芹这样将全部的深情和心血投入于一部著作的写作。但他去世时，全书仅完成前八十回，只留下一些残稿，这些残稿后来也遗失了。

从《红楼梦》的第一回来看，曹雪芹对这部小说似乎考虑过好几个书名，文中提及的有《石头记》《情僧录》《风月宝鉴》《金陵十二钗》。乾隆四十九年甲辰（1784 年）梦觉主人序本正式题为《红楼梦》，在此以前，此书一般都题为《石头记》，此后《红楼梦》便取代《石头记》成为通行的书名。

《红楼梦》的版本有两大系统。一为"脂本"系统，这是流行于约乾隆十九年（1754年）到五十六年（1791 年）间的前八十回抄

《红楼梦》剧照

本，附有"脂砚斋"（作者的一位隐名的亲友）等的评语，故名。现存这一系统的本子有十几种。另一为"程本"系统，全书一百二十回，由程伟元于乾隆五十六年（1791年）初次以活字排印（简称"程甲本"），又于次年重经修订再次以活字排印（简称"程乙本"），以后的各种一百二十回本大抵以以上二本为底本。这种本子的后四十回，一般认为是高鹗续写的，但也有人对此表示怀疑。高鹗（约1738—约1815）字兰墅，别署"红楼外史"，汉军镶黄旗人，乾隆六十年（1795年）进士，官至翰林院侍读。后四十回的艺术水平较前八十回有一定的差距，但比起其他名目繁多

《红楼梦》剧照

的红楼续书仍高出许多。它终究给《红楼梦》这部"千古奇书"以一种差强人意的完整形态，满足了一般读者的要求。因而，这一系统的本子也就成为《红楼梦》的流行版本。

（二）《红楼梦》的悲剧世界

《红楼梦》塑造了悲剧的群像，最能体现《红楼梦》悲剧典型意义的是"金陵十二钗"，她们几乎无一人能逃脱红销香断、花残春落的结局，作者统统把她们归结到"薄命司"中，听凭她们的眼泪由秋流到冬、由春流到夏。

1. "木石前盟"与"金玉良缘"的冲突——

林黛玉同薛宝钗的悲剧

林黛玉是一个绝代的悲剧典型。她的悲剧决定于她的身世——极少受封建教育的有才华的贵族小姐，她所处的环境——寄人篱下。她有超人的文学才华和哲学头脑，这养成了她的骄傲和任性。她的骄傲不仅是对奴才，即便是对家长、上层也没有丝毫的奴颜，这为她的悲剧结局埋下了种子。她不知道当时的家长需要的是"女子无才便是德"的贤良女性，吟诗结社只能是贵族小姐生活的点缀，而她却在贾府成了一个锋芒毕露、争强好胜的出众者，同时在精神上也抵触了封建社会所给予妇女的规范，结果她就以自己脆弱的生命去尝试那时代的冷酷摧残，担任了《红楼梦》悲剧的主角。

林黛玉是贾府的贵宾，但却是精神上孤独的飘零者。精神上的孤独，尤其是寄人篱下的生活使她变得敏感起来，而这种敏感在很大程度上是贾府的当道者对她的歧视、冷漠和对她的个性残酷压抑造成的。我们常常可以听到林黛玉的悲吟："花柳繁华地，温柔富贵乡"的大观园对她是"一年三百六十日，风刀霜剑严相逼"，清

《红楼梦》描写封建社会末世的人情世态

《红楼梦》剧照

幽的潇湘馆里，她过的是"青灯照壁人初睡，冷雨敲窗被未温"，直到"不知风雨几时休，已教泪洒纱窗湿"的凄凉长夜。即便是在黛玉行将病逝时，贾府竟连一个问的人也没有，难怪紫娟说："但这些人怎么竟这样狠毒冷淡。"她痛苦地乞求着："天尽头，何处有香丘？"她那孤独的心灵多么需要真情的慰藉。薛宝钗对她的稍事关心，纯真的黛玉不禁感叹起来："我母亲去世的早，又无兄弟姐妹，我长了今年十五岁，竟没有一个人像你前日的话教导我。"在过多的客套与亲戚的情面所结成的冰冷世界里，哪怕只有一支烛光所发出的热力，也会使黛玉心动神摇起来。寒烟小院中，疏竹虚窗下，黛玉在枕上思潮翻卷，秋风秋雨牵动她那无尽无休的情思。宝钗送来了士仪，贾家团聚着赏月，却令黛玉眼前浮现出杏花春雨的江南，心头萦绕着父母早逝的痛苦。唯有当温柔的月亮把银色的流辉默默地洒在她周围的时候，她的眼睛亮了，心头升起如圣如神、带着灵光的希望。她全身心都融进了溶溶的月色当中，在这片光明纯洁的仙境里，她发现在她身后亦步亦趋紧紧追随她的丽影，这使她如痴如醉了！

林黛玉的性格决定了她的爱情从一开始

就充满了悲剧性。她把全部的自我都沉浸在感情
的深海中，她执著地追求自己的爱情和自由，敢
于蔑视和冲破一切礼教和规范的束缚，在她的个
性气质中隐含着某种叛逆性和民主意识。

　　尽管"金玉良缘"使薛宝钗获得了宝玉的婚
姻，却没有得到宝玉的爱情，她仍是一个悲剧角
色，镌着"不离不弃，芳龄永继"的金锁，是引
导她走向悲剧结局的恶魔。

　　宝钗是一个有才干的封建淑女，本身又受到
封建主义的毒害和迫害。她给人的印象最深的是
"冷"，这一点建立在封建正统思想相当浓厚，阶
级意识比较自觉的基础上。"从这个少女的心底，
却听不到一丝与那社会互相摩擦的声音"（蒋和

《红楼梦》剧照

森《红楼梦论稿》）。黛玉的一生是做诗，她的一生是做人。她处处要求自己符合封建淑女的规范，很少感情冲动；她推崇程朱理学，对存天理、灭人欲是深信不疑，而"装愚守拙"又是她的处世哲学。她城府很深，在黛玉沉酣于意境的同时她却把握着现实，虽然有时能真诚的帮助别人，但更多的是冷酷与虚伪。对待同宝玉的关系，黛玉是在恋爱而宝钗是在解决婚姻，她顺从地走在封建礼教为她安排的轨道上，她感受不到什么叫痛苦，什么叫压抑，她只有对封建道德的信仰和对这一信仰的迷恋追求。她对宝玉依恋黛玉没有妒意，甚至对自己移花接木的婚姻全未感到丝毫的痛苦。她尽力地做女儿的本分，达到了她理想的最高标准，所以她可以"冲喜"，可以嫁给一个并不爱自己的人。从入都待选到嫁给宝玉，已是一个理想破灭的悲剧；谁知宝玉又悬崖撒手，无情的现实给了她当头致命的一棒。但是举止优雅、深明大义的宝钗，思前想后，得出了结论："宝玉原是一种奇异的人，夙世前因，自有一定，原无可怨天尤人。"说来可悲，封建伦理道德，可以让一个人顶礼膜拜、俯首帖耳到如此地步！她实在是被吃的，但她是拿出以身殉道的精神，服服帖帖泰然自若地面对着悲剧的结局。

2. 可叹的群钗

以青春、才貌作为交换品，为贾府换了一张金制"护身符"的元春，她的一生也是一个悲剧。这是一个寂寞深闺里锁住的灵魂，她本可以如黛玉、宝钗一样自由地做人，却无时无刻不在防备着隔垣之耳和铄金之口。她最需要的是人世间的感情和生活，她所陪伴的"至孝纯仁、体天格物"的皇上虽然神龙见首不见尾，但我们从贾雨村的升迁上已可略窥其"圣聪"，所以当元春的感情失去控制的时候，在呜咽难言中竟说出那皇宫内

翩翩起舞的《红楼梦》表演者

贵族之家兴盛衰亡的苍凉传奇——《红楼梦》

院原是"不得见人的去处"。伴君如伴虎，我们可以想象她一个人战战兢兢在钢丝上走着的情景。元春是极不自由的，她需要违心地做人，需要独自一个人默默地承担所有的痛苦，她是带着一颗孤寂、冰冷、战栗的心和一肚子永远无法倾诉的话告别人间的。

贾探春是一个封建的正统派、卫道士，又是一个开明派、改革派。她是一个才华四溢的聪明女子，她的聪明主要表现在对整个贾氏家族关系的认识上。她是贾府中的最清醒者，她的悲剧也就在于她是一个清醒者，她认识到了危机却无力挽救。理家的失败首先不是她和奴

大观园内怡红院

隶的冲突，而是和贾府整个统治阶级发生了冲突。"才自清明志自高，生于末世运偏消"是对她的同情和惋惜。她的悲剧也在于她的庶出的地位，在她的内心深处有着非常浓厚的等级观念。这是一个未出闺阁的年轻小姐，在等级森严的贾府的地位。她十分清楚主子和奴仆的界限，在嫡正庶偏的严正观念中她选择了秩序上的母亲，却无法抛掉封建社会的血统论。这正像凤姐说的："只可惜她命薄，没托身在太太的肚子里。"但是贾探春在老祖宗和王夫人的心目中并没有占多少位置，她的判词册子上画有风筝，她作的灯谜也是风筝，她一旦失去

红楼选秀之地

贵族之家兴盛衰亡的苍凉传奇——《红楼梦》

了和王夫人之间这条人工脐带，就像断线的风筝一样远飘而去了。"清明涕送江边望，千里东风一梦遥"，她被嫁到异域去做一个王妃，我们不难想象，探春正在步元春的后尘，元春的悲剧也可能是探春的结局。

温柔、沉默的迎春在贾赦眼中不过是具有交换价值的商品。她是作为一种物品被急匆匆地拉去填补她生身父亲那永远也填不满的欲望的。通过中山狼孙绍祖的谩骂讲出了这个少女牺牲的价值。孙绍祖指着迎春的脸说："你别和我充夫人娘子！你老子使了我五千两银子，把你准折卖给我的，好不好，

《红楼梦》中的宝黛爱情千古流传

打你一顿，撵到下房里睡去。"贪财、好色、酗酒、势力的中山狼，对迎春凌辱到了极点，把她的尊严踏在脚下。一向温柔、沉默的迎春，从不和人结怨结仇，但厄运并没有放过了她这样一个软弱的女子。对于贾赦来说，五百两银子可以买进嫣红，五千两银子可以卖出迎春。在婚姻是一种政治行为的封建社会里，"起决定作用的是家世的利益，而绝不是个人的意愿"。迎春一点也不想沉下深渊，但她连一根稻草也抓不着。贾母认为："儿女之事，自有天意。"回到娘家的迎春，只能提出"在园里住个三五天，死也甘心了"的可怜要求。

大观园中妙玉和惜春交往甚密，两个人都是遁世者，不同之处在于妙玉是被迫遁世而惜春是自觉的。

妙玉是作为一个执著人生，虽入空门但对尘世生活有着强烈留恋与追求的形象出现的，命运把她抛到了大观园的栊翠庵，她的遁世既不是自觉地充当披着袈裟的帮凶或帮闲，也不是"看惯了春荣秋谢花折磨""生关死劫谁能躲"的"虚华悟"，而是尘寰"定数"把她逼上了这条路。她"不合时宜"，为世不容，欲遁不能，又非遁不可。名义上因出

《红楼梦》剧照

身高贵而为贾府"礼聘"入园，实际上她的地位只相当于詹光、胡斯采等人的"女清客"。她的使用价值不是帮闲，而是作为省亲别墅中的摆设和点缀。作为出身名门而又执著人生的"红粉朱颜"，她的身心受着两道樊篱的桎梏，禅关与礼教——真是两道千年不坏的"铁门槛"！她陷入了茫茫的"苦海"，却找不到"慈航"。无穷无尽的空虚、苦闷、彷徨，无休无止地折磨着她，使她永远得不到解脱。"欲洁何曾洁，云空未必空"，其实不是批评她的"矫情"，而是批评她的遁世，批评她那行之不通的道路及那逼得她不得不遁世的社会。

妙玉所执著追求的，在此岸而非彼岸，槛内而非槛外，是尘世而非西方净土，是做人而非成佛，是宝黛们的蒙沌状态的"人的生活"。"芳情只自赏，雅趣向谁言"是她恋恋于尘世生活的内心独白，以"辜负了红粉朱颜春色阑"为恨事是她"尘世未断"的主要内容，与宝玉的微妙关系就是她追求的集中表现。她是情天孽海中的风流怨鬼，哪里是断了尘缘的空门禅僧。

惜春是和妙玉殊"道"而同"归"的另一个遁世者的悲剧形象，她是自愿和青灯古

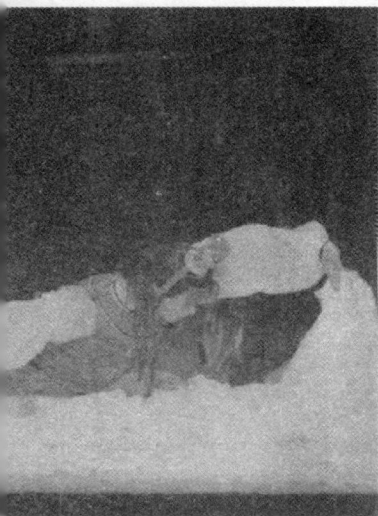

《红楼梦》剧照

佛做伴的。"勘破三春景不长"而"缁衣顿改昔时妆"，生活的冰水涤尽了人生的热情，使惜春越来越冷漠，她对现状悲观失望，幻想寻求解脱。她曾批评黛玉对世事瞧不破，"一点半点儿都要认真起来，天下事哪有多少真的呢？"她的话给人一种迎面而来的冷飕飕的寒意。她逐渐发展起来的出家思想，实际上是贾府衰败过程的晴雨表。她从小没有母亲，父亲贾敬出家炼丹求仙，我们没有看见她同哥哥贾珍有什么交往，她好像是一盆很少晒到阳光的花，人家没有给她温暖，她也不情愿向别人献上春意。她冷冷地观察周围，大观园中的一切

北京大观园内轿子

善恶是非都对她的心灵产生了强烈的刺激。大姐元春回家来的情景，二姐受冻、挨饿、挨打的遭遇，三姐的远嫁，湘云的早寡，黛玉的早夭，一系列的抄家败亡愈发让她感到现实生活的可悲与可怕。她和尤氏说："放我出了家，干干净净的一辈子。"如果不出家，就要出嫁，这是让惜春视为畏途、不寒而栗的结局。封建社会的婚姻制度，逼得她逃出了铁槛之外，她想用坚硬冰冷的铁槛去挡住那生关死劫。善于作画的惜春，到哪里去找那"芳草萋萋鹦鹉洲"（崔颢《黄鹤楼》）写入她的画幅？她耳目所接，不过是北风呼啸，大地悲鸣，荒冢累累，衰草连天。惜春誓死争得的理想绿洲不过是"独卧青灯古佛旁"。

史湘云走上了李纨走的路。一个充满青春活力的少女，应该有个花团锦簇的前途。果然，那姑爷（卫若兰）长得很好，为人又平和，文才也好，我们能想象到湘云婚后的幸福情景。但欢娱日短、好景不长，终于落了个"云散高唐，水涸湘江"的下场。这样一个行起酒令来揎拳掳袖的姑娘，竟落得和李纨一样的结局，永远洗尽铅华，在别人锦上添花的日子里嚼着自己的苦果！"幸生来，英雄阔大宽宏量"的姑娘，猝然遭到狂风折

北京大观园复原图

柳般的丧故，便迅速地在她周围抽掉了所有的欢乐，青春、红颜、诗情画意，都和那逝去的丈夫一起埋葬了。

凤姐、贾琏种下的苦因恶果，苍穹在上，还未来得及加减乘除，就已经在人世间产生了反应。如今，他们那模样儿好得很的女儿也要论身价银子去卖了。巧姐的遭遇让我们看到了封建贵族赖以维持正常秩序的伦理道德正沦丧到贩卖自己的至亲骨肉的地步，诗礼揖让的薄纱已被揭去，赤裸裸地露出了人欲的互相吞噬，巧姐的悲剧的深刻性正在这儿。

北京大观园牌坊

　　李纨是作者怀着悲悯的心情唱的一首挽歌，我们一接触到这一人物就会感到那清冷的色调。她是在"女子无才便是德"的思想指导下成长起来的，膏粱锦绣、秋日春花很难引起她思想上什么波动，即使感情上发生小小涟漪，她也会立即把它包裹起来，封闭它、窒息它，永远以镇定平衡的心境，去迎接命运对她的安排。身处竹篱茅舍，心如槁木死灰，她把人生的意义和希望寄托在儿子身上。脉脉温情，使年幼的贾兰过早懂得了母亲的甘苦；一盏孤灯，母子相对，浓郁的凄凉情味布满整个空间。

　　秦可卿是个见人有说有笑，会行事的人，又是心细、心重、要强的人。凤姐曾狂妄地说："普天下的人，我不笑话就罢了。"可她对秦可卿却倍加青睐。秦可卿是个青云直上的人物，然而，她的青云直上，登上"蓉大奶奶"的宝座，不是借力于什么好风，而是借力于她自己的花容月貌。老父、弱弟、无钱无势是秦氏娘家的状况，因此"蓉大奶奶"的位置并不像"琏二奶奶"的位置那么牢靠，一进贾府，忧虑便像影子一样跟随着她。

"生的袅娜纤巧，行事又温柔和平"使秦可卿博得了贾府全家的疼爱与器重，也给她带来了最大的忧虑和不幸。她的不幸是她落入了禽兽不如的公公贾珍、浪荡公子贾蓉的包围圈中。她遇上了"父兄丈夫力不能救，左邻右舍也不帮忙"（鲁迅《我之节烈观》）的困境，她无时无刻不在为自己的处境担忧，她缺少横在她和贾珍之间可以保护自己的屏障。秦可卿不是个饱思淫欲的淫妇，她是个有心计、有手腕、有封建"治才"的女性。她的羞愤自缢，反映了她耻于聚麀而又无法摆脱这一厄运的精神苦闷。她的悲剧结局是腐败罪恶的势力对她的肉体和精神的无休无止的迫害及蹂躏的结果。她那短短的一生，是从肉

北京大观园内服饰

体到精神被虐杀的过程。

"金陵十二钗"的命运都以悲剧为结局，她们的悲剧意义在于对那个社会和制度的深刻揭示，此即《红楼梦》的伟大悲剧意义之所在。

3. 情种贾宝玉

《红楼梦》中的贾宝玉是一个封建贵族阶级内部的叛逆者形象，是封建社会崩溃前夜的新人形象，这几乎成了今天广大红学研究者和爱好者的共识。而当我们以男人解放思想为背景重读《红楼梦》时，便会发现，曹雪芹对贾宝玉这一人物形象的塑造，处处流露着对传统男性社会性别角色的颠覆。毫不夸张地说，曹雪芹是具有初步两性平等意识与男人解放思想的作家，虽然受其时代的局限，他可能根本不知道性别角色是怎么回事，但在他塑造的贾宝玉这一人物身上，凝聚了男人解放思想所信奉的诸多理念，这一封建贵族阶级的叛逆者形象，同时又是传统社会性别角色的叛逆者。

儒家文化观念下的理想男人应该是：正心修身齐家治国平天下。贾宝玉是被其所属家庭寄予厚望的一个人物，贾政等人对宝玉的期望自然是"深精举业"，平步青云，光

大观园一景

宗耀祖。然而，贾宝玉一生鄙弃功名利禄，最恨所谓"仕途经济"。这种"不思进取"是与传统社会性别角色对男人的要求背道而驰的。在贾宝玉那里，与功名相对的是"风月诗酒"，他沉浸其中而自得其乐。

贾宝玉颠覆了"男人远离女性"的性别角色要求。在传统社会性别角色的规范中，男孩子从小便被教育他们是不同于女孩子的，他们应该与女性保持距离。一个"成熟"的男人如果整天和女性混在一起，会被认为"没出息"，沉湎于儿女情长。贾宝玉丝毫不理睬这一切，他整日与女孩儿厮混，这实际上是他生活的最主要内容，

《石头记》及曹雪芹石刻像

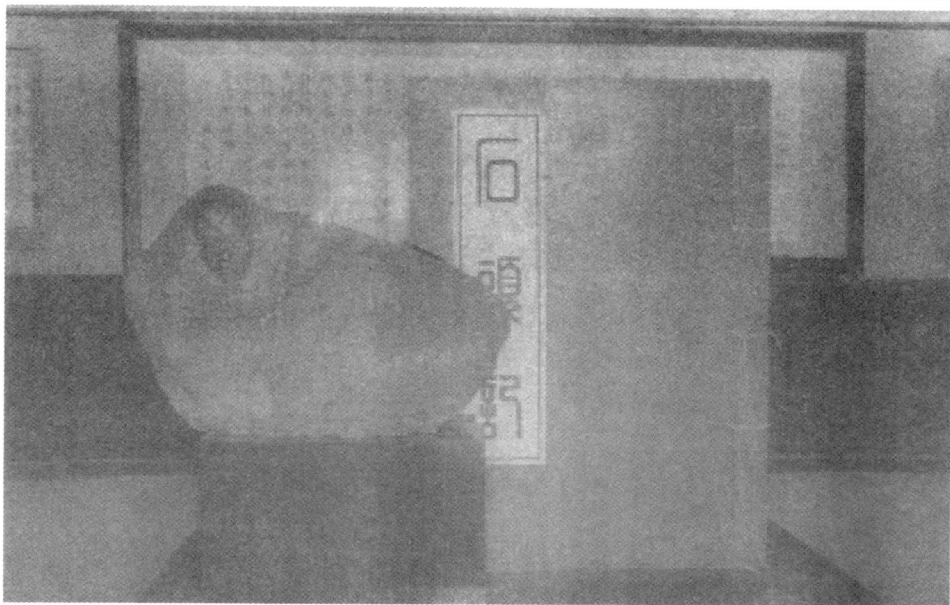

用史湘云的话说，便是："你成年家只在我们群里"；袭人也在三十四回中说："他偏又好在我们队里闹"；贾母因此说："想必原是个丫头错投了胎不成。"男人本应有男人的事情去做，什么事情呢，自然是求取功名，但贾宝玉却偏对女孩子们做的事情感兴趣，这或许出于他的性别平等意识。传统男性社会性别角色中的重要组成之一便是男性霸权主义，是高高凌驾于女人之上的那份"权威"。在贾宝玉生活的时代，男人是社会的主宰，女人是奴仆，是被轻视与奴役的。宝玉具有男人解放主义所要求的对女人的尊重，他曾说："原来天生人为万物之灵，凡山川日月

大观园长廊

之精秀，只钟于女儿，须眉男子不过是些渣滓浊沫而已。"他甚至认为"男人是泥做的骨肉，女人是水做的骨肉"，男人世界如鲍鱼之市，女人世界则若芝兰之室。

他与女性交往的平等观，以及对女性的爱护通过许多细节表现出来。第二十一回，宝玉用湘云洗过脸的水洗脸，这绝对是传统的"大男人"形象所不容的。对于社会地位低下的女性，宝玉同样没有身为男性或"主子"便高人一等的概念，如晴雯爱吃豆腐皮的包子，他便特意给她留出来，还在天冷时为晴雯捂手；又如第二十回中，宝玉替麝月篦头；再如芳官梳头，宝玉"忙命他改妆，又命将周围的短发剃了去，露出碧青头皮来"。这些细节都可见到他关爱女性的细腻之处。

大观园内景

（三）古代长篇叙事小说的艺术巅峰

《红楼梦》在艺术上取得了辉煌的成就。它的一个最重要的特点是，它的叙述和描写就像生活本身那样丰富、深厚、逼真、自然。

《红楼梦》在艺术表现上普遍地运用了

对比的手法。

作者安排了鲜明对照的两个世界：一是以女性为中心的大观园，这是被统治的世界；一是以男性为中心的社会，这是统治者的世界。大观园以贾宝玉、林黛玉和一群处在被压迫地位的丫鬟为主，包括年轻的小姐们在内，是一个自由天真、充满了青春的欢声笑语的女儿国。而与之对立的男子世界，则在权威和礼教的外衣下，处处都是贪婪、腐败和丑恶。这男子世界以男性统治者为中心，还包括掌权的贵族妇人贾母、王夫人、王熙凤等人以及执行统治者使命的老妈子如王善保家的之流。在大观园女儿国中，以各个人物的主观思想又分明形成两股对峙的势力：贾宝玉、林黛玉、晴雯、芳官等人追求个性自由，背离封建礼教；薛宝钗、袭人自觉地维护封建礼教。这两种势力的斗争反映了社会上的初步民主主义思想与封建社会的矛盾。但是薛宝钗、贾探春、袭人等又不同于一般统治者，尽管她们在主观上站到了封建势力的一边，但由于她们自身受人摆布的社会地位和实际得到的悲剧结局，也和"薄命司"的其他女子一样，程度不同地令人同情。

《红楼梦》善于处理虚实关系，它实写

大观园一景

而不浅露，虚写而不晦暗，有虚有实，虚实相互
照应、相互补充，创造出一个含蓄深沉的艺术境
界。作者始终不肯直接描写贾家冷遇林黛玉，但
作者通过袭人之口具体描画了史湘云寄居婶母家
的境遇，直接描写了中秋之夜被冷落在团圆宴席
之外的三个孤女，在冷月寒塘的凹晶馆的吟诗联
句描写了她们三人的孤寂和悲苦。通过这些实笔，

贵族之家兴盛衰亡的苍凉传奇——《红楼梦》

可以想象林黛玉的处境，林黛玉自言"一年三百六十日，风刀霜剑严相逼"，一点也不夸张，它真实地表现了环境的险恶以及她在险恶的环境中的感受。

作者很善于运用"春秋"笔法，也就是文笔曲折而意含褒贬。比如写王夫人对林黛玉的憎恶，就写得十分含蓄。清虚观打醮张道士提亲和贾宝玉拣金麒麟，加上在这之前元春送给贾宝玉、薛宝钗两人一样的节日礼物，这些触发了林黛玉与贾宝玉一场闹动全家的口角，闹得贾宝玉要砸碎脖子上的"通

曹雪芹纪念碑

灵宝玉"，这在家长看来是严重的事情。作者不写王夫人对此事的态度，笔锋一转，却写她如何抓住金钏的戏言，大骂金钏："下作小娼妇儿！好好儿的爷们，都叫你们教坏了！"把这个贴身的丫头逼到绝境。后来抄检大观园，作者写她听别人说晴雯的眉眼身段像林黛玉，便不管晴雯有错没错，立即吩咐撵出去，她指晴雯骂道："好个美人儿！真像个病西施了！你天天作这轻狂样儿给谁看？"如此种种，王夫人都是在指桑骂槐，只要读者仔细品味，便可意会王夫人言语和行为中所潜藏的意思了。

北京大观园内的灯笼

《红楼梦》是一部百科全书式的长篇小说。它以一个贵族家庭为中心展开了一幅广阔的社会历史图景，社会的各个阶级和阶层，上至皇妃国公，下至贩夫走卒，都得到了生动的描画。它对贵族家庭的饮食起居各方面的生活细节都进行了真切细致的描写，园林建筑、家具器皿、服饰摆设、车轿排场等等描写，都具有很强的可信性。它还表现了作者对烹调、医药、诗词、小说、绘画、建筑、戏曲等等各种文化艺术的丰富知识和独到见解。《红楼梦》

贵族之家兴盛衰亡的苍凉传奇——《红楼梦》

乾隆甲戌脂砚斋重评《石头记》书影

的博大精深在世界文学史上是罕见的。

（四）《红楼梦》对后世文学的深远影响

《红楼梦》曾经以手抄本的形式流传了三十年，被人们视为珍品。"当时好事者每传抄一部，置庙市中，昂其价，得金数十，可谓不胫而走者矣！"（《红楼梦》程伟元序）及用活字印刷出版后，立即流行南北。从清代一些文人笔记的零星记载中，可以看到《红楼梦》已成为当时人们谈论的中心。京师流传的竹枝词说"开谈不说《红楼梦》，读尽诗书也枉然！"在谈论时，有时因双方争执不下，"遂相龃龉，几挥老拳"。民间戏曲、弹词演出《红楼梦》时，观众为之"感叹唏嘘，声泪俱下"（梁恭辰《劝戒四录》）。甚至有人读了《红楼梦》，由于酷爱书中人物以至痴狂（见邹弢《三借庐赘谈》，陈其元《庸闲斋笔记》等书）。《红楼梦》之所以如此受到人们喜爱，是因为它深刻的反封建的思想内容，有力地鼓舞着人们去反对封建主义的束缚，追求新的理想。也正因为这样，封建统治阶级对《红楼梦》表现出深恶痛绝，斥为"淫书""邪说"，诅咒它的作者曹雪芹必得恶报，进而严行禁毁。然而由于人民的喜爱，统治阶级始终没有办法禁绝它的流传。

几乎从《红楼梦》开始流传时起，就有不少封建文人写出大量的续书，如《后红楼》《红楼补》《红楼复梦》《红楼圆梦》等等。它们都是才子佳人大团圆故事的翻版，严重歪曲了《红楼梦》的主题思想，成为《红楼梦》后我国小说发展中的一股逆流。

就题材内容而言，《红楼梦》是中国小说史上继《金瓶梅》之后又一部伟大的世情小说。它将人情世态寓于粉迹脂痕，把世情小说的创作推向最高峰，它标志着中国古代小说的艺术水准迈上一个新台阶。在它之后，一些狭邪小说、鸳鸯蝴蝶派小说都曾模仿其笔法，现代、当代作家中受其沾染者也

曹雪芹书房

贵族之家兴盛衰亡的苍凉传奇——《红楼梦》

为数不少。

《红楼梦》以其杰出的现实主义创作成就为当时和后世的艺术创作提供了丰富的经验，以它为题材的诗词、戏剧、曲艺、影视、绘画、舞蹈、雕塑等作品，不胜枚举。《红楼梦》还流播到海外，成为世界文学艺术宝库中的瑰宝奇葩。

《红楼梦》问世后，引起了人们评论、研究它的浓厚兴趣，两百年来对《红楼梦》的研究工作一直没有间断，并有大量的研究著作产生，产生了一种新的学问——"红学"，这在我国文学史上是罕有的现象。研究期间产生了各种红学派别，举其大要者而言之，主要有：

1. 评点派

大观园内的厅堂

从乾隆到光绪年间，一些研究者采用评述、评点的方式来探索《红楼梦》的内容、本事或阐述其思想、艺术价值，可称为评点派。其中脂砚斋、畸笏叟等的评语对理解小说的创作具有启示性和参考价值。脂批之后，又有"护花主人"王雪香、"太平闲人"张新之、"大某山民"姚燮等人的评点，亦有可取之处。

《脂砚斋重评石头记》

2. 索隐派

索隐即探索幽隐，也就是发掘被小说表面故事所掩盖的"本事"或"微言大义"。其实不过是穿凿附会，用"猜谜"的方法把小说中的人物、情节去比附、印证当时的历史人物和事件，并以此评定《红楼梦》的意义与价值。较有代表性的著作有王梦阮、沈瓶庵的《红楼梦索隐》，认为此书是写顺治皇帝与董鄂妃（亦即秦淮名妓董小宛）的故事；蔡元培的《石头记索隐》，认为此书是宣扬反清复明的政治小说，显然为著者本身民族主义思想的表现。

3. 新红学派

五四运动以后，胡适等人一方面继承乾嘉学派学风，同时又接受西方学术思想的影响，对《红楼梦》做出了新的解释，在红学研究领域取得了突破性的进展，代表性著作

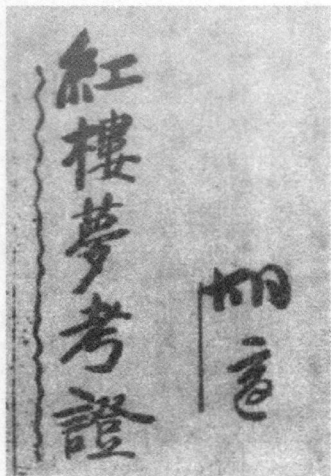

胡适《红楼梦考证》手稿

有胡适的《红楼梦考证》和俞平伯的《红楼梦辨》。他们批驳了索隐派的主观臆测、牵强附会，而以科学考证的方法研究《红楼梦》，对曹雪芹家世及生平的勾勒，对小说版本演变的比较，都做出了有价值的贡献。他们还提出《红楼梦》是作者的自叙传，是作家的"情场忏悔"之作，这样把贾府与曹家、贾宝玉与曹雪芹视为一体，则有一定的片面性。

建国以后，红学的发展又经历了种种曲折，取得了新的成绩。这一阶段的红学研究虽然不止一次地受到政治思潮的影响，甚至出现了以政治分析来替代文学分析和审美分析的不良倾向，但总的趋势是不断走向深化。尤其是新时期以来的红学研究，涉及到作家论、创作论、人物论、风格论、主题论等各个方面，呈现出全方位、多元化、开放性的研究格局，在不少问题上都有新的拓展与新的贡献。但迄今为止，对《红楼梦》的一些重大问题，依然存在着严重的分歧，有待于进一步的探讨。